AF282251

Sommer auf Sardinien

Kapitel 1

Schon auf dem Weg zum Flughafen hatte ich ein ungutes Gefühl. Diese Reise zu machen war keine gute Idee gewesen. Ich hätte mich nicht von Steffen zu diesem Versöhnungsurlaub überreden lassen sollen.

Vor ein paar Wochen war ich hinter seine Affäre mit einer gemeinsamen Freundin gekommen. Irgendwie hatte ich es schon länger geahnt.

Steffen hatte immer öfter Überstunden gemacht und vermehrt Treffen mit Kunden gehabt. Komischerweise immer in den Abendstunden.

Als ich ihn auf meine Vermutung, dass er mich betrügen würde, angesprochen hatte, gab er es auch direkt zu.

Dass es ausgerechnet Andrea, eine langjährige gemeinsame Freundin war, hatte mich noch mehr getroffen.

Erst eine Woche vor der Aussprache mit Steffen, war ich mit Andrea im Theater und anschließend essen gewesen. Ich hatte ihr anvertraut, dass ich Angst hatte, Steffen würde fremdgehen.

Sie hatte mir frech ins Gesicht gelogen und meine Vermutung als völlig absurd bezeichnet.

Ich war wirklich am Boden zerstört und dachte über eine Trennung nach, denn die Enttäuschung und der Schmerz waren zu groß.

Aber Steffen war wirklich reumütig und versprach mir hoch und heilig, dass so etwas nie wieder vorkommen würde.

Dann hatte er die Idee mit der gemeinsamen Reise. Mir kam sofort Sardinien in den Sinn. Dort war ich als Kind öfter mit meinen Eltern. Wir haben dort im Haus von Monika, einer Schulfreundin meiner Mutter, gewohnt.

„Mia, wir brauchen diese gemeinsame Zeit. Ich will Dir beweisen, dass ich Dich immer noch liebe. Das mit Andrea ist vorbei. Gib mir doch bitte eine Chance!“ hatte er gesagt und mich dann zärtlich geküsst.

Steffen war meine große Liebe. Wir kannten uns seit sechs Jahren und waren für alle unsere Freunde und Familie ein Traumpaar.

Steffen, das sportliche Kraftpaket und ich die kleine, zierliche Blondine.

„Mia, wo bleibst Du denn, wir müssen zum Check in!" riss mich jetzt Steffens genervte Stimme aus meinen Gedanken.

Ich zog meinen Koffer hinter mir her und versuchte Steffen zu folgen.

Dieser winkte mir hektisch zu und deutete auf eine lange Schlange vor dem Schalter der Fluglinie.

„Mach doch nicht so einen Stress. Wir haben doch Urlaub und der Flug geht sowieso erst in zwei Stunden", sagte ich außer Atem.

Steffen verdrehte die Augen. Dann streichelte er mir aber über den Kopf und lächelte.

„Du hast Recht Schatz. Wir haben Urlaub. Ich versuche mich zu bessern!" sagte er.

Dann legte er feierlich seine Hand aufs Herz.

Ich war schon immer die Ruhigere in unserer Beziehung. Steffen war oft aufbrausend und immer auf dem Sprung.

Ein paar Wochen nach unserem Kennenlernen hatte er einmal gesagt:

„Mia, woher nimmst Du nur diese Ruhe, Dich kann wirklich nichts aus der Fassung bringen!"

Das war auch richtig, bis zu dem Tag, als ich erfahren hatte, dass Steffen mich betrügt. Das hatte mich aus der Bahn geworfen und mein grenzenloses Vertrauen zerstört.

Ich versuchte den Gedanken beiseite zu schieben. Aber es fiel mir schwer.

Wir mussten fast eine Stunde warten, bis wir endlich unser Gepäck abgeben konnten. Danach gingen wir noch durch die Sicherheitskontrolle.

Wir mussten dann aber nicht mehr lange warten, bis unser Flug aufgerufen wurde.

Ich war wie immer nervös. Fliegen war für mich eine Herausforderung.

Nachdem wir unsere Plätze eingenommen hatten, nahm Steffen meine Hand.

„Bist Du okay? Es passiert nichts und ich bin doch bei Dir!" sagte er zärtlich.

„Ich weiß!" seufzte ich.

Aber war Steffen wirklich bei mir oder dachte er heimlich an Andrea. Ich wurde diese Gedanken nicht los. Als das Flugzeug abhob, fing mein Herz an zu rasen und mir wurde übel.

Ich beruhigte mich erst wieder nach ein paar Minuten.

Die anderen Fluggäste saßen ruhig auf ihren Plätzen und ich konnte langsam auch entspannen.

Der Flug nach Olbia, einer schönen Hafenstadt auf Sardinien, dauerte ohnehin nur knapp zwei Stunden.

Als die Flugbegleiterin fragte, ob wir etwas trinken möchten, bestellte Steffen für uns zwei Gläser Sekt.

Ich schaute erstaunt. Das hatte er schon lange nicht mehr getan.

„Lass uns den Urlaub genießen. Ich hoffe so sehr, dass wir wieder zueinander finden", sagte Steffen und lächelte.

Der Sekt machte mich müde.

Ich muss kurz eingenickt sein, denn als ich wieder aus dem Fenster schaute, waren wir schon im Landeanflug.

In Olbia ging alles ganz schnell. Unsere Koffer waren fast die ersten auf dem Gepäck-Band.

Der Mietwagen stand auch direkt für uns bereit. Steffen hatte ihn schon von zuhause aus gebucht.

Als ich in den Kleinwagen stieg, bekam ich Herzklopfen. Wie sah das Haus, das ich so viele Jahre nicht mehr gesehen hatte, mittlerweile aus?

Ich gab die Koordinaten in das Navigationssystem ein.

„Es kann losgehen!" sagte ich aufgeregt. „Hoffentlich bist Du nicht enttäuscht."

Steffen grinste und beugte sich zu mir hinüber. Dann küsste er mich lange.

„Ich bin schon sehr gespannt. Wenn das Haus nur halb so schön ist, wie in Deiner Erinnerung, dann kann ja nichts schief gehen."

Dann startete Steffen den Motor und fuhr in Richtung Autobahn.

Das Haus von Monika, der Freundin meiner Mutter, lag an der Ostküste Sardiniens, direkt am Meer. Ich konnte mich schwach erinnern, dass es am Ortsrand lag. In der näheren Umgebung gab es ein paar Häuser und einen kleinen Supermarkt.

Bis zur Ortsmitte musste man etwa zwanzig Minuten laufen.

Steffen öffnete die Fenster und ließ den Fahrtwind hinein. Gleich wurde es heiß, denn die Sonne brannte gnadenlos vom Himmel.

„Wenn wir angekommen sind, werde ich direkt im Meer schwimmen gehen!" sagte Steffen voller Vorfreude.

„Das machen wir!" antwortete ich.

Steffen streichelte über meinen Arm. Es war ein komisches Gefühl.

Es war schon lange her, dass er mich so zärtlich berührt hatte.

Ich schaute aus dem Fenster und dachte daran, wie wir uns kennengelernt hatten.

Ich war damals in der Ausbildung zur Optikerin. Steffen kam in den Laden, in dem ich arbeitete und ich sollte mich um ihn kümmern. Ich war so nervös, weil er einer meiner ersten Kunden war.

Ich machte mit ihm einen Sehtest und zeigte ihm einige Brillengestelle. Als meine Kollegin einmal nicht zu uns hinüber schaute, flüsterte er mir zu:

„Sie haben so schöne blaue Augen. Die erkenne ich auch ohne Brille.“

Ich wurde rot bis zu den Haarspitzen, denn Steffen war genau mein Typ, sehr sportlich und gutaussehend.

Als ich abends nach Ladenschluss in Richtung meiner Bushaltestelle ging, hörte ich plötzlich jemanden rufen.

„Könnten Sie mir vielleicht noch einmal so tief in die Augen schauen?“

Ich drehte mich um und musste lachen.

Steffen kam auf mich zu. Er hatte eine schreckliche grüne Plastikbrille auf der Nase und verzog traurig sein Gesicht.

„Sie müssen mir helfen! Sie sind zwar nur für die Augen zuständig, ich glaube aber, ich habe auch Herzschmerzen!“ sagte er leise.

Ich schaute irritiert.

„Sie haben mein Herz aus dem Takt gebracht!" sagte Steffen. „Als Entschädigung müssen Sie mich zum Kaffee einladen!"

„Aber nur, wenn wir uns duzen. Ich heiße Mia", antwortete ich schüchtern.

„Ich bin Steffen. Komm Mia, wir gehen in ein Eiscafé."

Er nahm ganz selbstverständlich meine Hand und wir schlenderten durch die Fußgängerzone.

Als ich später die Tür zu meinem kleinen Appartement aufschloss, musste ich mir eingestehen, dass ich mich verliebt hatte.

„Müssen wir nicht die nächste Abfahrt raus?" holte Steffens Stimme mich in die Gegenwart zurück.

Ich schaute auf das Navi und nickte.

„Wir müssen Richtung Dorgali. Du hast Recht. Wir müssen gleich abfahren!“ antwortete ich.

Meine Aufregung wuchs mit jedem Kilometer. Ich kramte in meiner Tasche und suchte nach dem Hausschlüssel, den Monika meiner Mutter für mich mitgegeben hatte.

„Eine Putzfrau hat alles gereinigt und auch schon die Betten für Euch bezogen. Sie wird auch einmal pro Woche nach dem Rechten sehen. Ihr müsst nur einkaufen“, hatte meine Mutter gesagt.

Wir fuhren durch eine wunderschöne Landschaft. Hinter der nächsten Kurve öffnete sich der Blick hin zum Meer. Das Wasser glitzerte in der Sonne und war tiefblau.

Ich atmete tief ein und ein Glücksgefühl erfüllte mich.

„Das ist ja wie im Traum!" sagte Steffen begeistert.

Ich drehte mich zu ihm um und schaute auf sein markantes Profil.

In diesem Moment hoffte ich so sehr, dass alles wieder gut werden würde.

„Wir werden hier drei wundervolle Wochen verbringen. Alles wird gut Mia!" sagte Steffen, als ob er meine Gedanken gelesen hätte.

Wir fuhren noch eine halbe Stunde auf der Landstraße und dann hatten wir unser Ziel erreicht.

Am Ortseingang kannte ich mich plötzlich wieder aus.

„Wir müssen gleich die nächste Straße links abbiegen!" sagte ich aufgeregt.

Und dann standen wir plötzlich vor unserem Urlaubsdomizil. Steffen schaltete den Motor aus und schaute mich glücklich an.

„Das ist ja wunderschön. Warum waren wir nicht schon früher einmal hier?" sagte er.

„Die Besitzerin hat mit ihrem Mann früher jeden Sommer selbst hier Urlaub gemacht. Robert, der Mann von Monika, ist leider sehr krank geworden. Die Beiden können jetzt nicht mehr hier her kommen", antwortete ich.

„Das tut mir leid, aber gut für uns!"

Steffen öffnete die Autotür und stieg aus. Ich nahm meine Handtasche und folgte ihm.

„Lass uns die Koffer später holen. Ich möchte mich erstmal im Haus umschauen", sagte ich.

Steffen nickte.

Ich holte den Schlüssel aus meiner Tasche und öffnete vorsichtig die Tür.

Es roch nach Putzmittel und Zitronen.

Ich suchte nach dem Lichtschalter und fand ihn rechts neben der Eingangstür.

Wir gingen durch den Flur in den großen Wohnraum. Da es etwas stickig war, öffneten wir gleich die hölzernen Fensterläden und die große Flügeltür zur Veranda.

Gleich wurde es hell und die Sonnenstrahlen fielen auf die gemütliche mediterrane Einrichtung.

Auf dem Esstisch stand eine Schale mit Zitronen. Daher kam der frische Geruch.

Neben dem Wohnraum gab es eine große Küche mit einem alten Kachelofen. Auch hier öffneten wir alle Fenster.

Ich erinnerte mich daran, dass in der oberen Etage zwei Schlafzimmer und ein großes Badezimmer waren.

Ich ging über die etwas knarzige Holztreppe nach oben.

Alles war fast noch so wie in meiner Erinnerung.

Im größeren Schlafzimmer, wo früher immer meine Eltern geschlafen hatten, waren die Betten frisch bezogen.

Das Zimmer, in dem ich gewohnt hatte, war unverändert, es gab nur einen neuen Kleiderschrank.

Ich öffnete überall die Fenster und atmete
tief durch.

Vom Schlafzimmerfenster aus konnte man
das Meer sehen.

Als ich mich umdrehte, stand Steffen
hinter mir.

Er nahm mein Gesicht in beide Hände und
küsste mich.

„Lass uns jetzt das Gepäck holen. Dann
gehen wir an den Strand. Ich brauche eine
Abkühlung, wenn ich Dich so in diesem
Kleid sehe!" sagte Steffen.

„Das habe ich doch schon den ganzen Tag
an!" antwortete ich.

„Ich kann es gar nicht abwarten, bis Du es
ausziehst", sagte Steffen mit rauer
Stimme.

Ich schaute verwundert.

Seit Monaten hatten wir nicht mehr miteinander geschlafen. Steffen war zuletzt angeblich immer im Stress. Nachdem ich hinter seine Affäre gekommen war, waren seine Berührungen unerträglich für mich.

„Lass uns die Koffer holen!" sagte ich und ging nicht weiter auf das ein, was Steffen gesagt hatte.

Wir schleppten das Gepäck ins Haus und holten unsere Badesachen aus einer kleinen Reisetasche.

Nachdem wir uns umgezogen hatten, holte ich zwei Badetücher aus dem Schrank und packte sie in meine Strandtasche.

Im Kühlschrank in der Küche standen zwei Flaschen Wasser. Eine davon steckte ich ebenfalls in die Tasche.

„Weißt Du noch, wie man zum Strand kommt?" fragte Steffen.

„Es gab damals einen Schleichweg direkt hier hinter dem Haus", antwortete ich.

Ich schloss die Eingangstür ab und steckte den Schlüssel ein.

Nachdem ich mich umgeschaut hatte, fiel mir wieder ein, wo der Weg zum Strand war.

Man musste ein Stückchen über das Grundstück des Nachbarhauses laufen um dorthin zu kommen.

„Dürfen wir einfach hier lang laufen?" fragte Steffen, als ich mit ihm über die Wiese des gegenüber liegenden Hauses ging.

Ich zuckte die Schultern. Darüber hatte ich mir auch als Kind schon keine Gedanken gemacht.

„Ich glaube, hier wohnt selten jemand.
Das ist auch ein Ferienhaus!" antwortete
ich.

Ich hatte den schmalen Pfad schnell
gefunden und nahm Steffen an die Hand.

„Kannst Du das Meer schon riechen und
die Möwen hören?" fragte ich.

Steffen nickte.

„Wer zuerst im Wasser ist!" rief er.

 Dann lief er einfach los.

Ich lachte, schüttelte den Kopf und rief
ihm nach:

„Du hast schon gewonnen. Ich suche uns
erstmal ein schönes Plätzchen für die
Handtücher!"

Der Strand war verhältnismäßig leer. Die
Sommerferien begannen erst in zwei
Wochen.

Dann würde sich das ändern.

Es gab ein paar schattenspendende Bäume. Unter einem breitete ich die Handtücher aus. Dann zog ich mein Strandkleid aus und folgte Steffen ins Wasser.

Es war angenehm kühl. Ich schwamm ein Stück hinaus und genoss die Sonne im Gesicht. Ich spürte, dass Steffen hinter mir her geschwommen war.

Er umarmte mich und küsste meinen Nacken.

Früher hatte ich diese Berührungen sehr genossen. Jetzt waren sie mir eher unangenehm. Ich konnte meinen Kopf nicht ausschalten.

„Was ist los Mia?" fragte Steffen.

Er hatte gemerkt, dass ich mich seiner Umarmung entziehen wollte.

„Ich kann doch nicht so einfach zur
Tagesordnung übergehen. Ich weiß nicht,
ob Du jetzt zärtlich zu mir bist, oder noch
an Andrea denkst!" antwortete ich leise.

„Ach Schatz! Ich habe Dir doch schon so
oft gesagt, dass das mit Andrea einfach so
passiert ist. Ich hatte einfach das Gefühl,
dass ich etwas verpasse. Es war ein Fehler.
Andrea hat mich verführt und es tut mir
sehr leid!" antwortete Steffen traurig.

„Für Dich ist es vielleicht vorbei, aber ich
kann die Bilder nicht aus meinem Kopf
bekommen. Lass mir einfach noch Zeit",
antwortete ich.

Steffen seufzte.

„Ich verstehe!" sagte er.

Dann drehte er sich um und schwamm
noch weiter hinaus.

Als wir später nebeneinander auf den Handtüchern lagen, drehte sich Steffen zu mir um.

„Ich lass Dir alle Zeit die Du brauchst. Ich möchte Dich nicht verlieren", sagte er.

Dann küsste er mich sanft.

Mir kamen die Tränen und ich war froh, dass ich eine Sonnenbrille trug.

„Sollen wir zurück zum Haus gehen? Wir müssten noch etwas einkaufen!" fragte ich.

„Einkaufen! Auch das noch!" sagte Steffen theatralisch.

Ich musste lächeln, denn ich wusste, wie sehr er es hasste sich durch den Supermarkt zu quälen.

„Ich gehe allein. Ich hoffe es gibt noch den kleinen Laden in der Nähe des Hauses."

„Für unser Frühstück bekomme ich dort sicher alles was wir brauchen", antwortete ich.

Steffen atmete auf.

„Das ist lieb. Dann kann ich in der Zwischenzeit schon einen Teil unserer Sachen auspacken. Bringst Du auch eine Flasche Wein mit?"

Ich nickte, dann stand ich auf und versuchte Steffen nach oben zu ziehen.

Ich hatte keine Chance ihn auch nur einen Zentimeter zu bewegen.

Steffen lachte laut und sprang auf. Dann nahm er mich auf seine Arme und wirbelte mich herum.

Ich quietschte laut. Steffen setzte mich schnell wieder auf dem Sand ab, weil ein paar Leute zu uns hinüber sahen.

Er schnappte sich unsere Handtücher und nahm sie über den Arm.

„Die hänge ich gleich im Garten auf. Sie sind noch ziemlich nass!" sagte er.

Dann gingen wir langsam wieder zurück zum Haus.

Nachdem ich geduscht und mich umgezogen hatte, suchte ich nach einer Einkaufstasche. Ich fand einen Korb im Küchenschrank und machte mich auf den Weg zum Supermarkt.

Es gab den kleinen *Supermercato* immer noch in einer Seitenstraße.

Vor dem Geschäft war appetitliches Obst und Gemüse aufgebaut.

Ich legte Tomaten und einen Salat in den Korb und ging in den Laden.

Außer mir war nur noch ein anderer
Kunde da. Es war ein junger Mann, der an
der Käsetheke stand.

Ich kaufte Brot und Schinken und stellte
mich dann neben den anderen Kunden um
ebenfalls noch etwas Käse zu kaufen.

Der Mann drehte sich zu mir und lächelte.

„Ich bin gleich fertig!" sagte er auf
Italienisch.

So viel konnte ich verstehen.

„Oh nein!" sagte ich plötzlich, weil mir
einfiel, dass ich mein Portemonnaie
zuhause liegen gelassen hatte.

Der junge Mann schaute erstaunt.

„Kommen Sie aus Deutschland?" fragte er.

Ich nickte.

„Aus Frankfurt. Und Sie?" wollte ich
wissen.

„Ich wohne in Hamburg. Ich heiße
Vincent!" antwortete er.

„Ich heiße Mia. Ich habe meine Geldbörse
zuhause liegen lassen!" sagte ich kleinlaut.

Vincent lachte laut.

„Das passiert doch sonst nur mir. Soll ich
Dir etwas Geld leihen?" fragte er.

„Wäre das möglich? Ich gebe es Dir gleich
morgen zurück. Wo wohnst Du denn?"
fragte ich.

Vincent nahm sein Portemonnaie aus der
Hosentasche und gab mir zwanzig Euro.

„Das sollte reichen, oder?" fragte er.

Bestimmt! Vielen Dank!" sagte ich und
nahm den Geldschein.

„Ich bezahle meine Einkäufe und dann
warte ich vor der Tür auf Dich. Dann zeige
ich Dir wo ich wohne", antwortete
Vincent.

Nachdem ich ebenfalls bezahlt hatte,
verließ ich den Laden.

Vincent stand im Schatten und sah blass
aus. Ansonsten war er sehr attraktiv. Er
hatte schwarze Haare und dunkle Augen.
Deshalb hatte ich ihn auch zuerst für
einen Italiener gehalten.

„Alles okay? Hast Du Kreislaufprobleme?"
fragte ich ihn.

Vincent schüttelte den Kopf.

„Es geht mir gut!" sagte er und zeigte in
die Richtung, aus der ich gekommen war.

„Siehst Du das hellblau gestrichene Haus.
Dort wohne ich!" sagte er.

„Oh, dann sind wir ja Nachbarn. Ich wohne mit meinem Freund in der kleinen Villa mit der Dachterrasse. Ich bringe Dir dann gleich das Geld!" sagte ich.

„Das hat Zeit. Ich weiß ja jetzt wo Du wohnst", sagte Vincent und grinste.

Wir gingen gemeinsam langsam zurück. Vor seiner Haustür verabschiedete sich Vincent.

„Ciao Mia! Schön Dich kennengelernt zu haben!" sagte er.

„Das finde ich auch. Nochmal vielen Dank für Deine Hilfe!" sagte ich.

Vincent lächelte nur und ging ohne ein weiteres Wort ins Haus.

Als ich den Korb auf den Küchentisch stellte, kam Steffen gerade aus dem Garten.

„Das ist wirklich unbeschreiblich schön hier. Ich habe die Gartenmöbel sauber gemacht und den Sonnenschirm aufgestellt. Wir könnten draußen essen!" sagte er gut gelaunt.

Ich nahm die Lebensmittel aus dem Korb und räumte sie zum Teil in den Kühlschrank oder in die Speisekammer.

„Ich habe unseren Nachbarn kennengelernt. Er ist auch aus Deutschland und heißt Vincent. Er hat mir Geld geliehen!" sagte ich.

„Hattest Du nicht genug Geld dabei?" fragte Steffen.

„Ich habe mein Portemonnaie liegen lassen", antwortete ich und zeigte auf meinen Geldbeutel, der auf dem Tisch lag.

„Das ist ja nett von ihm gewesen!" antwortete Steffen etwas abwesend.

Er schaute auf sein Handy und steckte es schnell in die Hosentasche.

„Alles okay?" fragte ich.

„Klar, ich werde nur das Handy abschalten. Ich will meine Ruhe haben."

Steffen kam auf mich zu und umarmte mich.

„Hast Du auch so einen Hunger? Was hast Du denn eingekauft?" fragte er.

„Ich habe Tomaten, Käse und Brot gekauft. Und eine kleine Wassermelone."

Dann ging ich an den Kühlschrank und holte die Flasche Weißwein heraus.

„Gutes Mädchen!" sagte Steffen und lachte.

Wir gingen gemeinsam in den Garten. Es gab viele Oleanderbüsche und ein paar andere Sträucher, die ich nicht kannte.

Alles blühte und verströmte einen unglaublichen Duft. Am schönsten aber war der große, alte Olivenbaum in der Mitte des Gartens.

Ich atmete tief ein und schloss die Augen. Es war doch gut, hierhergekommen zu sein.

„Ich bringe Vincent doch noch schnell sein Geld. Ich mag keine Schulden. Dann können wir etwas essen", sagte ich und ging zurück in die Küche um meine Geldbörse zu holen.

Ich ging hinüber zu dem hellblauen Haus und klopfte, weil es keine Klingel gab.

Nach einer ganzen Weile öffnete Vincent. Er sah verschlafen aus.

„Ich wollte Dir doch noch schnell das Geld bringen", sagte ich und drückte Vincent den Schein in die Hand.

„Das hätte doch Zeit gehabt. Ich bin noch sechs Wochen hier!"

Vincent lächelte schief und atmete schwer.

„Ist wirklich alles okay mit Dir? Du siehst schlecht aus!" sagte ich besorgt.

„Es ist nur die Hitze. Ich bin auch erst seit ein paar Tagen hier, ich muss mich erst akklimatisieren", antwortete Vincent.

„Dann ist es ja gut. Wenn Du aber Hilfe brauchst, dann komm bitte rüber!"

Vincent nickte.

„Danke Mia, das wird nicht nötig sein. Und danke, dass Du das Geld gebracht hast. Ich wünsche Euch einen schönen Abend."

Er schaute in Richtung unseres Hauses, wo Steffen in der Eingangstür stand und neugierig zu uns hinüber sah.

„Dir auch!" sagte ich und ging langsam zurück zu Steffen.

Später saßen wir im Garten und ließen uns die italienischen Leckereien schmecken. Der Wein schmeckte herrlich dazu.

Wir saßen lange draußen. Als die Sonne untergegangen war, wurde es angenehm kühl. Ich holte eine leichte Strickjacke aus dem Haus und schlenderte etwas durch den Garten. Steffen war auf dem Liegestuhl eingeschlafen.

Ich schaute hinüber zu dem Haus in dem Vincent wohnte.

Jetzt erst sah ich ihn im Schein einer Gartenlaterne auf dem Balkon sitzen. Er hatte sich in eine Decke gewickelt und schaute in die Sterne. Ich wollte ihm winken, aber es war zu dunkel.

Er konnte mich von seinem Platz aus gar nicht sehen.

Er tat mir leid, weil er so allein in dem großen Haus war. Außerdem kam er mir irgendwie geheimnisvoll vor. Ich wollte Steffen morgen fragen, ob wir ihn nicht mal zu uns einladen könnten. Vielleicht würden wir dann mehr über ihn erfahren.

Dann ging ich zurück zur Terrasse und weckte Steffen.

„Komm, wir gehen ins Bett. Es wird kühl und es ist schon spät."

Steffen nickte verschlafen und folgte mir ins Haus.

Am nächsten Morgen schliefen wir fast bis zum Mittag.

Ich stand auf und ging unter die Dusche. Danach ging ich in die Küche um Kaffee zu kochen.

Ich fand ein Paket Kaffeepulver im Küchenschrank und atmete auf. Ich hatte gestern vergessen, welchen zu kaufen.

In der Zwischenzeit war Steffen auch in die Küche gekommen.

„Guten Morgen Prinzessin! Hast Du gut geschlafen?" fragte er und gähnte.

Ich nickte.

„Und Du?" fragte ich.

„Wie ein Stein. Es ist so schön ruhig hier", antwortete Steffen. Er stellte sich hinter mich und flüsterte mir ins Ohr:

„Sollen wir nicht noch einmal ins Bett gehen? Ich habe Lust auf Dich!"

Ich drehte mich zu ihm um.

„Du wolltest mir doch Zeit lassen!" sagte ich.

Steffen schob mich zur Seite und ging ohne ein Wort auf die Terrasse.

Als ich ein paar Minuten später zu ihm in den Garten ging, herrschte eine angespannte Atmosphäre.

Ich wollte gerade etwa sagen, als Steffen mir zuvor kam.

„Ich glaube Du willst mich für den Seitensprung bestrafen. Findest Du das fair?" sagte er wütend.

„Du solltest das Wort fair nicht in den Mund nehmen. Mich wochenlang zu betrügen war gemein und hat mich tief getroffen!" antwortete ich.

„Ich habe mich doch schon tausendmal entschuldigt!" schrie Steffen.

„Das ändert aber nichts daran, dass ich Zeit brauche, um Dir wieder zu vertrauen", antwortete ich leise.

„Wie lange willst Du mich denn noch hinhalten?" rief Steffen. „Oder soll ich betteln, damit Du wieder mit mir schläfst?"

„Was redest Du denn da. Ich glaube, Du solltest Dich mal wieder beruhigen, bevor wir weiter reden!"

Ich stand auf und wollte in die Küche gehen.

Steffen lief hinter mir her und riss mich am Arm herum.

„Stell Dich nicht so an. Du willst es doch auch!" zischte er mir ins Ohr und versuchte mir das Kleid hochzuschieben.

„Steffen, lass mich in Ruhe. Du tust mir weh!" rief ich laut.

Ich bekam Angst, als ich Steffens hochrotes, wutverzerrtes Gesicht über mir sah.

„Ist alles in Ordnung bei Euch?" hörte ich
plötzlich eine Stimme.

Steffen ließ mich sofort los und rannte ins
Haus.

Ich schaute ängstlich in die Richtung, aus
der die Stimme gekommen war und
entdeckte Vincent, der in seinem Garten
stand.

„Ja, es ist alles okay!" sagte ich mit
zitternder Stimme.

Ich war völlig überrascht und erschrocken
über Steffens Verhalten. So kannte ich ihn
gar nicht.

Ich musste unbedingt nochmal in Ruhe
mit ihm sprechen.

Ich winkte Vincent zu und ging zurück ins
Haus. Steffen saß in der Küche und
schaute auf den Boden.

„Verzeih mir Mia!" sagte er, als ich neben ihm stand. „Das wird nie wieder passieren!"

„Das will ich hoffen! Du hast mir Angst gemacht!" antwortete ich. „Ich gehe jetzt an den Strand und hoffe, wir können später nochmal vernünftig miteinander reden."

Steffen wollte etwas erwidern, aber sein Handy klingelte. Er schaute auf das Display und legte es wieder beiseite.

„Willst Du nicht drangehen?" fragte ich.

Steffen schüttelte den Kopf und stand auf. Dann ging er nach oben ins Schlafzimmer. Ich hörte, wie er die Tür hinter sich zuschloss.

Ich hatte die Badesachen schon am Morgen zusammengesucht.

Ich nahm meine Tasche und machte mich
auf den Weg zum Strand.

Als ich wieder über das
Nachbargrundstück lief, schaute ich, ob
ich Vincent irgendwo sah. Aber er war
wohl im Haus oder unterwegs.

Am Strand breitete ich mein Handtuch
wieder im Schatten eines Baumes aus und
ging gleich ins Wasser. Auch heute schien
die Sonne von einem wolkenlosen
Himmel.

Ich blieb zwei Stunden am Strand, dann
wurde es mir doch zu heiß.

Als ich am Haus ankam, hatte ich ein
komisches Gefühl. Ich ging durch den
Garten in die Küche. Und dann wusste ich
was dieses Gefühl verursachte.

Steffen saß neben seinem gepackten
Koffer am Küchentisch.

Er hob den Kopf.

Ich setzte mich neben ihn und fragte:

„Was soll das bedeuten? Reist Du ab?"

Steffen nickte.

„Heute Mittag habe ich Andrea zurückgerufen. Sie hat schon mehrfach versucht mich zu erreichen!" sagte Steffen.

Das hatte ich schon vermutet, weil Steffen immer wieder auf sein Handy geschaut hatte. Mir wurde auf einmal schlecht.

„Was wollte Sie?" flüsterte ich. Steffen stöhnte leise und dann sagte er: „Andrea ist schwanger. Ich werde Vater!"

Ich schaute ihn ungläubig an und konnte nicht fassen, was ich da gehört hatte.

„Du wolltest doch noch kein Kind! Ich kann das alles nicht glauben!" sagte ich.

Es dauerte eine Weile bis Steffen weitersprach.

„Es ist aber passiert und irgendwie freue ich mich auf das Kind. Außerdem nimmt es mir jetzt die Entscheidung endgültig ab. Die letzten Tage haben mir gezeigt, dass es mit uns wahrscheinlich sowieso nicht gut gegangen wäre. Das musst Du doch auch gefühlt haben!" antwortete Steffen.

Ich spürte, dass Steffen Recht hatte. Trotzdem war ich wie unter Schock. Mir kamen die Tränen. Ich schluchzte leise.

Steffen stand auf und kam zu mir. Er streichelte mir über die Haare und sagte leise:

„Mein Taxi kommt gleich. Ich fahre zum Flughafen. Den Mietwagen lasse ich Dir hier. Es tut mir alles so leid.

Ich weiß, das habe ich in den letzten Wochen sehr oft gesagt. Aber ich meine es wirklich ehrlich. Leb wohl Mia und pass auf Dich auf!"

Er nahm seinen Koffer, zog die Eingangstür hinter sich zu und ich war allein.

Ich saß noch lange am Küchentisch und konnte das alles nicht fassen. Steffen wurde Vater! Ich hatte mir auch schon lange ein Kind gewünscht, aber Steffen wollte erst Karriere machen.

„Du bist doch erst fünfundzwanzig! Wir haben noch alle Zeit der Welt!" hatte er erst vor ein paar Wochen gesagt.

Was sollte ich jetzt machen? Den Urlaub abbrechen und auch nach Hause fahren? Wahrscheinlich würde ich dann nur sehen, wie Steffen seine Sachen packte.

Das wollte ich mir ersparen.

Es würde noch schwer genug werden in die gemeinsame Wohnung zurück zu kommen.

Ich wusste nicht wieviel Zeit vergangen war und schaute erschrocken auf die Uhr, weil es schon langsam dunkel wurde.

Mein Magen knurrte. Ich stand auf und schaute in den Kühlschrank. Es waren noch etwas Käse und Tomaten da. Außerdem noch die angebrochene Flasche Wein.

Ich schüttete mir ein Glas Wein ein und knabberte an einem Stückchen Käse.

Draußen war es kühl geworden. Ich setzte mich auf die Terrasse und trank etwas Wein. Am Himmel konnte man die Sterne erkennen.

Und dann überkam mich ein Gefühl, dass ich nicht erwartet hatte. Ich war erleichtert! Steffen hatte Recht. Mit uns wäre es nicht gut gegangen.

Ich hätte ihm nie wieder vertrauen können.

„Hallo Mia!" hörte ich plötzlich eine Stimme.

Es war Vincent, der auf dem Balkon gegenüber stand.

„Bist Du allein?" fragte er.

„Hast Du Lust rüber zu kommen? Dann erzähle ich Dir, was passiert ist!" rief ich ihm zu.

Ich verstand nicht, was er sagte, aber Vincent ging ins Innere des Hauses und stand fünf Minuten später auf meiner Terrasse. Er hatte eine Flasche Wein in der Hand und lächelte verlegen.

Ich stand auf und deutete auf einen Gartenstuhl.

„Setz Dich doch! Ich hole ein Glas für Dich!" sagte ich.

Ich ging in die Küche und holte ein weiteres Weinglas und die restlichen Käsehappen.

Als ich wieder auf die Terrasse kam, saß Vincent mit geschlossenen Augen am Tisch.

„Geht es Dir gut?" wollte ich wissen.

Vincent nickte.

„Das wollte ich Dich auch gerade fragen. Wo ist denn Dein Freund?" fragte er.

Ich nahm den Wein und füllte unsere Gläser. Dann stieß ich mit Vincent an und sagte:

„Steffen ist zurück nach Deutschland geflogen. Wir haben uns getrennt!"

Vincent schaute ungläubig.

„Hatte das etwas mit eurem Streit heute Mittag zu tun?" fragte er.

Ich schluckte und dann erzählte ich ihm die ganze Geschichte.

Von dem Seitensprung und das Steffen jetzt Vater wurde. Es sprudelte einfach so aus mir heraus, weil ich das Gefühl hatte, das Vincent mir zuhörte und mich verstand.

Danach ging es mir besser.

„Ich glaube, dass war die richtige Entscheidung. Wenn man betrogen wurde, ist es unheimlich schwer zu vergessen.

Verzeihen kann man vielleicht, aber es hängt immer wie eine dunkle Wolke über der Beziehung", sagte Vincent nach einer Weile.

„Da hast Du Recht. Trotzdem bin ich traurig", antwortete ich.

„Wie lange wart ihr zusammen?" wollte Vincent wissen.

„Sechs Jahre!" antwortete ich und Vincent nickte nachdenklich.

Ich goss Wein nach und nahm mein Glas. Dann prostete ich Vincent zu.

„Ich darf nicht so viel Alkohol trinken!" sagte Vincent und schob sein Glas zur Seite.

Als ich ihn fragend anschaute, seufzte Vincent und schaute in die Dunkelheit.

„Ich bin sehr krank Mia!" sagte er leise.

Also hatte ich mich doch nicht getäuscht.

„Was fehlt Dir denn?" fragte ich.

„Das ist eine lange Geschichte!"
antwortete er.

Vincent machte ein ernstes Gesicht.

„Ich habe Zeit! Noch drei Wochen!" sagte
ich.

Nach einer Weile begann er zu sprechen.

„Ich war früher Profi-Tennisspieler. Dann
bekam ich während eines Turniers eine
starke Erkältung. Ich musste Antibiotika
nehmen und habe trotz Fieber weiter
gespielt. Ein paar Tage später bekam ich
Luftnot und Herzrhythmusstörungen. Im
Krankenhaus hat man dann festgestellt,
dass ich eine Herzmuskelentzündung
habe. Schon damals ging es mir schlecht,
weil mein Herz durch die Entzündung
schwer geschädigt war.

Ich nehme viele Medikamente und muss mich seitdem schonen und jede Anstrengung vermeiden. Der Arzt hat mir noch eine Lebenserwartung von drei bis vier Jahren vorausgesagt."

Ich schaute ihn erschrocken an.

„Das ist ja schrecklich! Kann man denn da gar nichts machen?" fragte ich.

„Doch! Ich brauche ein Spenderherz. Ich stehe seit ein paar Monaten auf der Liste. Aber die Aussichten sind schlecht!" sagte Vincent bitter.

Ich nahm Vincents Hand, die auf der Stuhllehne lag.

„Bleib positiv. Es wird bestimmt bald klappen mit dem Spenderherz. Du musst ganz fest daran glauben!" sagte ich leise.

„Ach Mia, ich hoffe inständig, dass ich es bis dahin überlebe. Aber Tatsache ist, dass

die meisten Menschen, die auf ein Organ
warten, es nicht schaffen.“

„Geht es Dir denn hier im Süden besser
oder warum bist Du hier auf Sardinien?“
fragte ich.

„Ja, das Klima bekommt mir gut. Das Haus
gehört meinen Eltern. Mein Vater ist
Italiener. Er ist hier geboren. Einige
Verwandte wohnen auch hier in der
Gegend und passen etwas auf mich auf!“

Vincent lächelte.

„Wo leben Deine Eltern jetzt?“ wollte ich
wissen.

„Meine Eltern haben sich in Deutschland
kennengelernt. Meine Mutter kommt aus
Bayern. Mein Vater hat in München
studiert. Er ist Ingenieur. Jetzt wohnen sie
auch in Hamburg“, antwortete Vincent.

Wir saßen eine Weile schweigend nebeneinander. Ich hörte Vincent neben mir leise atmen. Er war eingeschlafen.

Ich holte eine Decke aus dem Wohnzimmer und legte sie vorsichtig über ihn.

Ich schaute in sein entspanntes Gesicht und konnte mir nicht vorstellen, dass Vincent vielleicht bald sterben würde.

Dann setzte ich mich wieder neben ihn und nahm mein Weinglas.

„Ab heute werde ich jeden Tag für Dich beten!" flüsterte ich.

Irgendwann war ich auch eingeschlafen. Als ich wieder wach wurde, war Vincent verschwunden. Er hatte seine Decke über mich gelegt. Ich ging ins Haus und schaute aus dem Schlafzimmerfenster noch einmal zum Nebenhaus.

Hier war alles dunkel.

Ich legte mich ins Bett und schlief sofort wieder ein.

Am nächsten Morgen erwachte ich schon sehr früh. Ich holte mein Handy und legte mich wieder ins Bett.

Ich gab in einer Suchmaschine den Namen Vincent und Tennisspieler ein. Mehr wusste ich ja nicht über ihn.

Sofort ergaben sich einige Treffer und ich öffnete die Webseite einer Sportzeitung.

Der erfolgreiche Profi-Tennisspieler Vincent Varano muss seine Karriere beenden. Der schwer herzkranke Sportler wartet auf ein Spenderorgan.

Ich legte das Handy zur Seite. Jetzt konnte ich mich erinnern, dass ich Vincent schon einmal im Fernsehen gesehen hatte.

Mir fiel es ein, als ich seinen Nachnamen gelesen hatte.

Ich ging hinunter in die Küche. Der Kühlschrank war fast leer, deshalb entschied ich mich einkaufen zu gehen. Ich wollte diesmal in die Stadtmitte laufen und unterwegs einen Kaffee trinken.

Ich holte den Einkaufskorb und machte mich auf den Weg. So früh am Morgen waren die Temperaturen noch angenehm. Nach einer Weile erreichte ich die Innenstadt und setzte mich in ein kleines Straßencafé.

Hier war anscheinend der Treffpunkt aller Rentner der Stadt. Als ich mich an einen Tisch setzte, verstummten die Gespräche für einen Augenblick. Ein älterer Mann rief mir zu:

„Buon Giorno!"

Ich erwiderte den Gruß und winkte ihm kurz zu.

Als der Kellner kam, bestellte ich einen Cappuccino. Auf der Straße herrschte ein reges Treiben. Hier kannte anscheinend jeder Jeden.

Meine Gedanken wanderten kurz zu Steffen, der wahrscheinlich gerade in unserer gemeinsamen Wohnung seine Sachen packte.

Ich musste zugeben, dass wir uns im letzten Jahr auseinandergelebt hatten.

Steffen hatte sich verändert. Er ging dreimal die Woche ins Fitnessstudio und jede freie Minute joggen. Ich hatte das Gefühl, dass er Angst hatte, alt zu werden. Steffen war fast zehn Jahre älter als ich. Ich hatte ihn einmal darauf angesprochen und er hatte geantwortet:

„Die Zeit vergeht so schnell und plötzlich
ist man alt und hat nichts erlebt!"

Ich hatte gelacht und es nicht ernst
genommen. Aber anscheinend war es ein
Problem für ihn.

Wahrscheinlich hatte Andrea ein offenes
Ohr für ihn und er fühlte sich von ihr
verstanden.

Ich seufzte und trank meinen Cappuccino
aus.

Ich bezahlte und ging in Richtung eines
großen Supermarktes, der gegenüber des
Cafés lag.

Im Inneren des Ladens war es richtig kalt.
Die Klimaanlage lief auf vollen Touren.
Also beeilte ich mich mit den Einkäufen.
Ich packte die notwendigsten
Lebensmittel in den Korb und ging schnell
zur Kasse.

Auf dem Heimweg kaufte ich mir noch in einer kleinen Boutique einen Sonnenhut. Dann schlenderte ich nach Hause.

Als ich an dem Haus, in dem Vincent wohnte, vorbei ging, öffnete sich die Tür.

Eine hübsche junge Frau trat auf die Straße.

Sie ging lächelnd an mir vorbei und stieg dann in einen Kleinwagen mit italienischen Kennzeichen.

Ich war etwas verwundert.

Bei dem Gedanken, dass Vincent eine Freundin haben könnte, war ich enttäuscht. Er hätte es ruhig erwähnen können.

Ich brachte die Lebensmittel ins Haus und verstaute fast alles im Kühlschrank. Dann ging ich mit einem Glas Orangensaft auf die Terrasse.

Ich zog einen Liegestuhl in den Schatten und überlegte, ob ich zu Vincent hinübergehen sollte. Ich war wirklich neugierig, wer die junge Frau gewesen ist.

Dann entschied ich mich dagegen. Ich wollte nicht indiskret sein.

Ich schloss die Augen und war fast eingeschlafen, als ich Jemanden näher kommen hörte. Vincent lächelte und trat auf die Terrasse.

Er hatte eine Schale mit Weintrauben dabei. Die stellte er jetzt auf den Tisch.

„Lust auf Wein in seiner ursprünglichen Form?" fragte er.

Ich musste lachen.

„Sehr gern!" sagte ich.

 Ich stand auf und setzte mich zu Vincent an den Tisch.

„Meine Cousine Maria war heute Morgen schon ganz früh bei mir. Sie kommt einmal die Woche zum sauber machen und bringt mir immer was zu essen vorbei."

„Meine italienische Verwandtschaft kümmert sich sehr um mich."

Cousine! Ich atmete auf und wunderte mich darüber, dass ich so erleichtert war, dass Vincent keine Freundin hatte.

Ich schaute ihn von der Seite an und nahm mir ein paar Trauben.

„Das ist doch schön, dass man Dich umsorgt. Wie bist Du eigentlich hier auf die Insel gekommen?" wollte ich wissen.

„Ich bin mit dem Auto bis nach Genua gefahren und dann mit der Auto-Fähre nach Sardinien übergesetzt. Ich darf ja nicht fliegen!" antwortete Vincent.

„Das habe ich mir gedacht, deshalb habe ich gefragt", sagte ich.

Ich drehte mich zu Vincent um.

Er schaute mir lange in die Augen und ich wurde plötzlich ganz nervös.

„Du bist wunderschön Mia!" sagte Vincent leise.

Jetzt wurde ich auch noch rot bis zu den Haarspitzen.

„Danke für das Kompliment!" stotterte ich.

Vincent grinste.

„Das ist nur die Wahrheit. Wir Italiener stehen halt auf blonde lange Haare und blaue Augen!" sagte er.

„Du bist ja nur ein halber Italiener!" sagte ich lachend.

„Ich weiß trotzdem, was mir gefällt!"
antwortete er.

Um von dem Thema abzulenken fragte
ich:

„Hast Du Lust an den Strand zu gehen
oder ist es Dir zu heiß?"

„Ich komme gern mit. Ich muss aber im
Schatten bleiben", antwortete Vincent.

„Dann hol doch Deine Schwimmsachen.
Ich habe meine schon hier!" sagte ich und
deutete auf meine Strandtasche.

Vincent nickte und stand auf.

Zehn Minuten später schlenderten wir
über den Schleichweg in Richtung Strand.

Der Platz unter dem Baum war noch frei.

Wir deponierten unsere Sachen im Schatten.

„Komm, wir gehen ins Wasser!" sagte Vincent und nahm meine Hand. „Ich darf zwar nicht lange schwimmen, aber eine Abkühlung kann ich gebrauchen."

Wir plantschten eine Weile am Ufer. Nach einer Viertelstunde musste Vincent wieder in den Schatten.

Ich blieb noch im Wasser, aber ich beobachtete Vincent. Ich machte mir Sorgen um ihn und ich bewunderte ihn, dass er versuchte soweit es ging, ein normales Leben zu führen.

Als ich mich neben ihn auf mein Handtuch legte, drehte er sich zu mir um.

„Soll ich Dich eincremen?" fragte er.

Ich nickte und drehte mich auf den Bauch.

Als Vincent mich berührte bekam ich eine Gänsehaut. Seine Hände vollführten sanfte, kreisende Bewegungen auf meinem Rücken. Er hätte so stundenlang weitermachen können. Es war ein sehr erotischer Moment.

„Jetzt bist Du dran!" sagte er plötzlich und drehte sich ebenfalls auf den Bauch.

Ich spritzte etwas Sonnencreme auf meine Hände und begann Vincent einzureiben. Als ich kurz etwas Creme nachlegen wollte, brummte Vincent in sein Handtuch:

„Nicht aufhören. Es gibt noch ein paar freie Stellen!"

Ich lachte kurz auf.

„Hab ich Dir schon meinen Stundenlohn genannt?" fragte ich.

Vincent hob den Kopf und grinste.

„Nachträgliche Preisverhandlungen sind nicht möglich!" sagte er.

„Dann bin ich jetzt fertig!" konterte ich.

Vincent schmunzelte, erwiderte aber nichts.

Nachdem die Sonnencreme eingezogen war, drehte Vincent sich zu mir auf die Seite.

„Du bist schon ganz schön braun geworden", sagte er.

„Nicht schlecht für eine Blondine, oder?" sagte ich herausfordernd.

Und dann beugte sich Vincent über mich und küsste mich mit salzigen Lippen.

„Wenn es Dir Recht ist, war das eine Anzahlung für Deine Eincreme-Dienste!" flüsterte er.

Der Kuss war einfach wunderbar gewesen.
Ich war immer noch von der Situation
gefangen.

„Einverstanden!" sagte ich lauter als ich
eigentlich wollte.

Vincent grinste und küsste mich nochmal.

„Du bist einfach wunderschön!" sagte er
dann außer Atem.

Ich antwortete nicht, denn ich war von
meinen Gefühlen überwältig. Was war
denn los mit mir?

Vincent spielte mit einer meiner
Haarsträhnen und schaute mich lange mit
seinen dunklen Augen an. Dann stand er
auf und nahm sein Handtuch.

„Gehst Du schon nach Hause?" wollte ich
wissen.

Vincent nickte. Er sah plötzlich sehr erschöpft aus.

„Sehen wir uns heute Abend?" fragte ich.

„Möchtest Du heute mal zu mir kommen?" kam seine Antwort. „Ich koche uns etwas!"

„Sehr gern, wann soll ich da sein?"

„Komm so gegen acht Uhr. Dann ist es nicht mehr so heiß!" sagte Vincent. „Bis nachher."

Dann ging er zurück zum Haus, ohne sich noch einmal umzuschauen. Wahrscheinlich ging es ihm wieder schlechter.

Ich blieb noch eine Stunde, dann machte ich mich auch auf den Rückweg.

Als ich die Haustür aufschloss, hörte ich schon mein Handy klingeln.

Ich schaffte es nicht mehr rechtzeitig dran zu gehen, konnte aber auf dem Display sehen, dass Steffen angerufen hatte.

Ich rief nicht zurück. Wenn er etwas von mir wollte, würde er nochmal versuchen mich zu erreichen.

Eine Stunde später tat er es auch.

„Hallo Mia, wie geht es Dir?"

„Sehr gut!" antwortete ich und musste direkt an Vincent denken.

„Ich bin gerade in unserer Wohnung. Ich wollte Dir nur sagen, dass ich meine Kleidung heute schon mitnehme. Meine anderen persönlichen Sachen hole ich nächste Woche ab", sagte Steffen.

„Von mir aus!" antwortete ich kurz angebunden. Ich hatte es ja schon erwartet.

„Bleibst Du die ganzen drei Wochen auf Sardinien, oder kommst Du auch früher zurück?" wollte er wissen.

„Warum sollte ich? Soll ich Dir beim Packen zuschauen?" fragte ich genervt.

„Ist ja schon gut. Ich habe verstanden!" antwortete Steffen.

„Ich lasse den Schlüssel, wenn ich alles abgeholt habe, auf dem Küchentisch liegen. Ich werde Dich erstmal noch weiter mit der Miete unterstützen."

„Danke Steffen! Sorry, ich habe heute noch etwas vor. Können wir ein anderes Mal telefonieren?" fragte ich.

„Ja, klar!" Ich hörte Verwunderung in Steffens Stimme.

„Bis dann!" sagte ich und legte einfach auf.

Ich atmete tief durch. Jetzt ging es mir irgendwie besser.

Kurz bevor ich zu Vincent hinüber gehen wollte, ging ich noch unter die Dusche und machte mich etwas zurecht. Meine Haare band ich zu einem Zopf zusammen.

Ich hatte die Wassermelone in Stücke geschnitten und legte sie auf einen großen Teller. Das sollte unser Nachtisch werden.

Ich ging durch den Garten hinüber zum Nebenhaus und rief Vincents Namen.

Kurz darauf schaute er durch ein Fenster und winkte mir zu.

„Komm doch durch die Terrassentür. Ich bin noch in der Küche!" rief er.

Ich stellte den Teller mit der Wassermelone auf den Gartentisch und ging ins Haus.

Vincent stand am Herd und rührte in einem Topf. Es roch herrlich nach Kräutern und Gewürzen.

Die Inneneinrichtung ähnelte der in Monikas Haus.

Sehr italienisch, mit viel Holz und Keramik. In der Küche stand ein riesiger runder Tisch mit Stühlen. Hier waren bestimmt schon viele Familienfeste gefeiert worden.

Ich schnupperte und fragte: „Was gibt es denn Gutes? Es riecht verführerisch!“

Vincent grinste und hielt mir einen Löffel mit Sauce unter die Nase.

Ich probierte eine würzige Tomatensauce, die ziemlich scharf war.

Ich musste husten.

„Es gibt Penne arrabiata!" sagte Vincent stolz. „Könnte scharf sein!"

„Es ist scharf!" sagte ich und musste nochmal husten.

„Zusammen mit den Nudeln sollte es passen", antwortete Vincent und rührte seelenruhig weiter im Topf.

„Ich habe Dir schon einen Wein eingegossen!" sagte er. „Ich trinke zum Essen später auch einen Schluck!"

Ich nahm das Glas vom Küchentisch und trank etwas von dem kühlen Weißwein."

„Kann ich Dir vielleicht helfen?" fragte ich.

„Leiste mir nur Gesellschaft. Ich habe Dich vermisst", antwortete Vincent.

Ich schaute ihn von der Seite an und musste zugeben, dass es mir genau so ging.

„Ich bin nicht gerade ein begnadeter Koch! Ich hoffe es schmeckt Dir trotzdem!" sagte er.

„Bestimmt! Es riecht jedenfalls sehr gut!" antwortete ich.

„Möchtest Du den Tisch decken. Das Geschirr steht dort in der Vitrine."

Vincent deutete auf einen wunderschönen alten Schrank.

Ich holte Teller und Besteck heraus.

„Wollen wir draußen essen?"

Vincent nickte.

„Das ist angenehmer. Hier drinnen ist es durch den Herd noch wärmer."

Ich deckte den Tisch auf der Terrasse. Im Garten pflückte ich ein paar Blumen und stellte sie in ein Wasserglas.

In der Zwischenzeit hatte Vincent die Schüsseln mit den Nudeln und der Sauce nach draußen gebracht.

„Der Tisch sieht sehr schön aus. Frauen haben doch das bessere Händchen für Deko!"

Nachdem wir uns nebeneinander gesetzt hatten, knurrte mein Magen laut.

„Greif zu, bevor Du verhungerst!" sagte Vincent.

Er reichte mir eine Schüssel und schüttete dann den Wein in unsere Gläser.

Ich verteilte die Nudeln und die Sauce. Dann nahm ich vorsichtig einen Bissen, denn die Schärfe der Sauce war schon beim Probieren extrem.

Zusammen mit der Pasta schmeckte sie allerdings perfekt.

„Es schmeckt richtig gut. Du kannst doch kochen!" sagte ich zufrieden.

„Naja, Nudeln mit Sauce ist ja nicht die große Kochkunst!" sagte Vincent bescheiden.

„Vielleicht können wir ja mal gemeinsam kochen?" fragte ich.

Vincent antwortete nicht.

Ich schaute ihm ins Gesicht und wusste gleich warum. Er war plötzlich leichenblass und atmete schwer.

„Kann ich etwas machen?" fragte ich ängstlich. „Brauchst Du irgendwas?"

„In der Küche liegt mein Notfall-Spray für das Herz. Es ist ein rotes Fläschchen. Bringst Du es mir bitte?" hauchte Vincent.

Ich rannte in die Küche und fand das Spray auf einer Anrichte.

Ich brachte es schnell nach draußen und gab es Vincent. Der sprühte sich gleich etwas davon in den Mund und schloss die Augen.

Meine Hände zitterten und ich beobachtete Vincent genau.

Ich wollte schon mein Handy holen und einen Notarzt rufen.

Plötzlich atmete er wieder normal und hatte wieder Farbe im Gesicht.

„Was war das denn? Hattest Du einen Anfall?" fragte ich besorgt.

Vincent nickte nur. Nach einer Weile ging es ihm besser und er konnte wieder sprechen.

„Manchmal habe ich das Gefühl, ich bekomme keine Luft. Dann habe ich einen fürchterlichen Druck auf der Brust. Das Spray brauche ich dann ganz schnell. Ich muss es immer in der Nähe haben.“

„Das hat mir Angst gemacht“, sagte ich leise. „Ich wollte schon einen Arzt rufen.“

„Ich habe morgen ohnehin einen Termin bei meinem Kardiologen hier in Olbia. Ich war schon öfter dort. Ich brauche auch neue Medikamente“, antwortete Vincent.

„Soll ich Dich dorthin fahren? Ich mache das gerne!“ sagte ich.

„Das wäre schön. Ich kann zwar auch allein fahren, aber ich habe Dich gern bei mir.“

Vincent streichelte über meinen Arm.

Ich schaute ihn besorgt an. Dann beugte ich mich zu ihm und küsste ihn vorsichtig.

In diesem Moment wusste ich, dass ich mich verliebt hatte. So sehr, dass es wehtat und ich Angst um Vincent hatte.

Ich legte meinen Kopf auf seine Schulter und wir schwiegen beide.

Jedes weitere Wort hätte diese besondere Stimmung zwischen uns zerstört.

Später ging es Vincent deutlich besser. Wir saßen noch lange im Garten.

„Soll ich heute Nacht hierbleiben, falls es Dir wieder schlechter geht?" fragte ich.

Vincent schaute mich erstaunt an.

„Ich brauche aber keine Krankenschwester!" sagte er.

„Das will ich auch nicht für Dich sein. Ich möchte einfach bei Dir bleiben.

Vielleicht will ich ja nicht alleine sein!"
sagte ich bestimmt.

„Dann komm!" sagte Vincent und nahm
meine Hand.

Wir gingen in sein Schlafzimmer und
legten uns nebeneinander auf das Bett.

Wir streichelten uns gegenseitig und
hielten uns im Arm.

Ich legte meinen Kopf auf Vincents Brust
und versuchte seinen Herzschlag zu hören.

„Mia, ich kann nicht mit Dir schlafen. Es
wäre zu gefährlich!" flüsterte Vincent mir
leise ins Ohr.

„Das weiß ich doch! Ich will nur bei Dir
sein!" antwortete ich.

Ich versuchte die Tränen zu unterdrücken,
es gelang mir aber nicht.

„Verlieb Dich nicht in mich. Du weißt, das ich vielleicht nicht mehr lange lebe", sagte Vincent bitter.

„Es ist aber schon passiert!" flüsterte ich. „Jetzt gibt es kein Zurück!"

Vincent küsste mich lange.

„Mir geht es genauso. Ich habe mich in dem Moment in Dich verliebt, als Du so erschrocken festgestellt hast, dass Du Dein Portemonnaie vergessen hast. Schon in diesem Laden hätte ich Dich am liebsten in den Arm genommen."

„Jetzt weiß ich, was Liebe auf den ersten Blick bedeutet!"

Als ich am nächsten Morgen wach wurde, war Vincent schon aufgestanden.

Aus der Küche stieg schon Kaffeeduft nach oben. Ich rekelte mich noch etwas im Bett, als Vincent ins Zimmer schaute.

„Guten Morgen! Hast Du gut geschlafen?" fragte er.

„Sehr gut. In Deinen Armen einzuschlafen war wunderbar."

„Als ich heute Morgen wach wurde und Dich neben mir sah, konnte ich es gar nicht glauben. Es war ein wunderschönes Gefühl!" sagte Vincent.

Er setzte sich auf die Bettkante und küsste mich.

„Wann müssen wir heute los?" fragte ich.

„Erst in zwei Stunden", antwortete Vincent.

„Dann gehe ich mal rüber. Ich muss mich duschen und umziehen!" sagte ich und stand auf.

„Wir trinken erst einen Kaffee. Er ist gerade durchgelaufen!"

Vincent nahm meine Hand und zog mich nach unten in die Küche.

„Du siehst sexy aus!" sagte Vincent grinsend.

Erst jetzt fiel mir wieder ein, dass ich nur Unterwäsche trug.

Schnell lief ich wieder ins Schlafzimmer und zog mein Kleid an, das am Bettpfosten hing.

„Du hättest ruhig so bleiben können!" sagte Vincent grinsend, als ich wieder in die Küche kam.

„Das könnte Dir so passen!" antwortete ich lachend.

Nachdem wir einen Kaffee getrunken hatten, ging ich hinüber und machte mich zurecht. Ich zog Shorts und Bluse an und nahm meine Handtasche von der Kommode im Flur. Den neuen Strohhut hatte ich auch dabei.

Ich verschloss die Türen und wartete vor dem Haus auf Vincent.

Der Mietwagen stand im Schatten. Trotzdem öffnete ich die Türen um frische Luft hinein zu lassen.

Vincent hatte sich auch umgezogen. Er trug eine leichte Leinenhose und ein schickes Hemd.

Den Weg nach Olbia kannte ich noch von der Fahrt vom Flughafen hierher. In der Stadt lotste mich dann Vincent bis zu der

Klinik, wo er einen Termin beim Kardiologen hatte.

„Wie lange wird es ungefähr dauern?" fragte ich.

„Das letzte Mal war ich ungefähr eine Stunde hier. Der Arzt macht immer einige Untersuchungen. Wenn Du möchtest, könntest Du zum Hafen fahren. Es ist nicht weit und sehr schön dort", antwortete Vincent.

„Das ist eine gute Idee. Ich habe vorhin schon gesehen, wo ich abbiegen muss. Ich bin dann in einer Stunde wieder hier!"

Ich küsste Vincent leicht auf den Mund.

„Ich drücke Dir ganz fest die Daumen, dass die Befunde gut ausfallen!" sagte ich.

Vincent zuckte mit den Schultern.

„Es wäre schon gut, wenn sie sich nicht verschlechtert hätten!" antwortete er.

Dann ging er zum Eingang der Klinik.

Ich stieg wieder ins Auto und fuhr zum Hafen.

Olbia ist eine der größeren Städte auf Sardinien, aber trotzdem sehr übersichtlich.

Der Hafen ist klein, aber sehr idyllisch. An den Anlegestellen gab es ein paar Jachten und in der Ferne konnte man den Fährbereich erkennen. Es gab ein paar kleine Restaurants und ein paar Geschäfte.

Ich setzte mich an den Tisch eines Restaurants, das direkt am Wasser lag und bestellte einen Espresso und ein Glas Wasser.

Meine Gedanken wanderten immer wieder zu Vincent, der jetzt wahrscheinlich diverse Untersuchungen über sich ergehen lassen musste. Ich hatte Angst vor dem Ergebnis.

Ich wurde kurz abgelenkt, weil eine Familie mit einem goldigen Baby am Nebentisch Platz nahm.

Das versetzte mir einen Stich, denn ich musste an Steffen denken, der auch bald Vater wurde.

Nach einer Weile fing das Baby an zu quengeln und weinte dann laut. Für mich wurde es auch Zeit wieder zur Klinik zurück zu fahren. Ich bezahlte und schlenderte dann zurück zu meinem Mietwagen.

Als ich vor der Klinik parkte, sah ich wie Vincent gerade aus dem Gebäude kam.

Er winkte mir zu und kam dann langsam
zum Parkplatz.

Ich konnte es kaum abwarten, bis er mir
erzählte, was bei den Untersuchungen
heraus gekommen war.

„Was hat der Arzt gesagt?" fragte ich
gleich nervös.

Vincent nahm mich in den Arm und
flüsterte mir ins Ohr:

„Einige Werte haben sich leider
verschlechtert, aber der Arzt war
insgesamt ganz zufrieden mit mir. Er hat
meine Medikamente etwas umgestellt.
Wenn ich wieder in Hamburg bin, dann
soll ich aber trotzdem gleich wieder zur
Kontrolle!"

Ich kuschelte mich an ihn, dann sagte ich:

„Lass uns wieder zurückfahren. Du musst
Dich ausruhen!"

Vincent gab mir einen Kuss auf die Stirn, dann stieg er ins Auto.

„Darf ich Dich in ein typisch sardisches Restaurant einladen? Ich möchte mich revanchieren, dass Du mich heute gefahren hast.“

„Du musst mich dafür nicht einladen. Ich habe das sehr gern gemacht“, antwortete ich.

„Ich weiß, aber ich möchte es gern!“

Vincent schaute mich fragend an.

„Wo ist denn dieses Restaurant?“ wollte ich wissen.

„Es liegt auf dem Weg zurück in einem kleinen Dorf. Ich war mit meinen Eltern schon dort, als ich noch ein kleiner Junge war.“

Das machte mich neugierig.

„Das hört sich gut an. Dann sage ich gerne zu!" sagte ich.

Wir fuhren diesmal eine andere Strecke. Der Weg führte uns durch kleine Ortschaften und durch eine wunderschöne hügelige Landschaft. Immer wieder konnte man das Meer erblicken.

An einer Kreuzung fuhren wir dann über eine Serpentinenstraße, auf der ich in jeder Kurve ängstlicher wurde.

„Halt mal da vorne in der Haltebucht an. Ich fahre jetzt!" sagte Vincent.

Er hatte gemerkt, dass ich Angst hatte.

Wir machten einen Fahrerwechsel und ich atmete auf. Außerdem konnte ich jetzt die Landschaft besser genießen.

Vincent fuhr flott, denn er schien die Gegend und die Straßen zu kennen.

„Sardinien hat ja richtige Berge. Das hatte ich gar nicht mehr so in Erinnerung gehabt", sagte ich nach einer Weile.

„Viele Urlauber kommen hierher zum Wandern. Sardinien ist dafür bekannt, das man nicht nur am Strand liegen kann!"

Vincent grinste, es sollte eine Anspielung darauf sein, weil ich so gern am Meer war.

„Wir sind gleich da!" sagte er plötzlich und fünf Minuten später hielten wir vor einem urigen Restaurant.

Es gab einen kleinen Außenbereich mit wackligen Tischen, aber einer herrlichen Aussicht ins Tal.

Wir wollten uns gerade in den Schatten setzen, als plötzlich hinter mir Jemand laut jubelte und auf Vincent zulief.

Eine ältere Frau mit Kopftuch umarmte Vincent und küsste ihn bestimmt eine Minute lang immer wieder auf die Wangen. Die Beiden unterhielten sich auf Italienisch.

Ich verstand kein Wort.

Vincent flüsterte der Frau etwas ins Ohr Sie schaute sofort zu mir herüber.

Dann kam sie auf mich zu und umarmte mich ebenfalls herzlich. Ich wusste gar nicht wie mir geschah und sah hilflos in Vincents Richtung.

Der stand grinsend am Tisch und amüsierte sich über die Situation. Dann legte er den Arm um mich und klärte mich auf.

„Das ist Giuseppina, meine Tante. Sie ist die ältere Schwester meines Vaters. Ihr gehört das Restaurant.“

Die Frau nickte heftig, obwohl sie sicher kein Wort verstand. Dann lief sie in das Innere des Restaurants und kam mit einer Karaffe Wasser und einer Flasche Wein zurück.

Den Wein stellte sie vor mich und das Wasser bekam Vincent. Wir bedienten uns selbst, denn Giuseppina war schon wieder verschwunden.

„Ich würde Dir vorschlagen Fregola Sarda zu probieren. Meine Tante ist bekannt dafür!" sagte Vincent.

„Was ist das denn?" wollte ich wissen.

„Das sind kugelförmige Nudeln aus Hartweizengries. Man kocht sie ungefähr wie ein Risotto. Dazu gibt es hier im Restaurant immer Miesmuscheln. Magst Du die?" fragte Vincent.

Ich nickte. Das hörte sich lecker an.

Als Giuseppina wieder mit einem Korb voll Brot und einem Teller mit sardischen Käse an den Tisch kam, bestellte Vincent bei ihr unser Essen.

Sie küsste ihn nochmal auf die Wangen und verschwand dann wieder Richtung Küche.

„Weiß Deine Familie wie krank Du bist?" wollte ich wissen.

„Natürlich. In einer italienischen Familie gibt es keine Geheimnisse", antwortete Vincent. „Warum hat Giuseppina wohl Dir den Wein hingestellt und ich bekomme nur Wasser?" fragte Vincent lächelnd.

Ich schaute ins Tal und fühlte mich geborgen. Es war so schön hier.

Vincent schien meine Gedanken erraten zu haben, denn er nahm jetzt meine Hand und schaute mir tief in die Augen.

„Gefällt es Dir hier?“ fragte er.

Ich nickte begeistert.

„Es ist traumhaft schön. Danke, dass Du mit mir hierher gefahren bist!“

Wir verbrachten noch wundervolle gemeinsame Tage auf Sardinien, unternahmen Ausflüge und saßen oft im Garten. Mir graute es schon vor dem Tag, an dem ich wieder nach Hause musste.

An meinem letzten Tag auf der Insel herrschte eine traurige Stimmung. Wir versuchten Beide fröhlich zu sein, aber es gelang uns nicht richtig.

Am Abend hatten wir noch einmal gemeinsam gekocht und saßen jetzt auf der Terrasse vor Vincents Haus.

„Wir werden uns nicht mehr wiedersehen Mia. Du musst mir versprechen, dass Du mich vergisst!" unterbrach Vincent plötzlich die Stille.

„Das kannst Du nicht von mir verlangen!"

Ich war geschockt von Vincents Worten.

„Leb Dein Leben und werde glücklich. Du hast es verdient und sollst nicht miterleben, wie es mir immer schlechter geht und ich wahrscheinlich bald sowieso nicht mehr da bin!" sagte Vincent bitter. „Außerdem will ich kein Mitleid!"

Aber ich liebe Dich doch!" flüsterte ich unter Tränen.

„Ich liebe Dich auch. Genau deshalb möchte ich, dass wir uns nicht wiedersehen. Es fällt mir unendlich schwer, aber es ist das Beste so!"

Ich konnte nichts erwidern, weil mir die Tränen über das Gesicht liefen. Ich war unendlich traurig.

„Das ist nicht fair!" schluchzte ich.

„Das Leben ist leider nicht immer nur himmelblau. Aber Du hast es noch vor Dir und wirst mich eines Tages verstehen. Lass uns noch diese Nacht miteinander verbringen und dann fliegst Du morgen wieder nach Hause. Du wirst mich irgendwann vergessen haben", antwortete Vincent.

Im Kerzenlicht sah ich, dass er sehr blass war. Es ging ihm nicht gut und ich wollte ihn nicht weiter aufregen. Deshalb versuchte ich mich zusammen zu reißen.

In der Nacht konnte ich kaum schlafen. Auch Vincent wälzte sich oft im Bett herum und stand in aller Frühe auf.

Ich hatte am Vortag schon meine Sachen gepackt. Nach dem Frühstück brachten wir meine Sachen zum Auto und umarmten uns ein letztes Mal.

Wir schauten uns lange in die Augen. Wir wussten Beide, dass der endgültige Abschied gekommen war.

Vincent küsste mich und ging dann ohne sich noch einmal umzudrehen zurück ins Haus.

Kapitel 2

Die Monate nach meiner Abreise von Sardinien lebte ich wie unter einer Glashaube.

Ich ging arbeiten und traf mich hin und wieder mit Freunden, aber es war nichts mehr wie früher.

Ich konnte nicht mehr in der alten Wohnung bleiben, weil ich sie mir auf Dauer nicht leisten konnte.

Ich zog in eine kleine Dachgeschoßwohnung und versuchte mich irgendwie abzulenken.

Ich hatte meiner Mutter von Vincent erzählt, aber auch sie konnte mich nicht trösten. Steffen war in der Zwischenzeit Vater eines Sohnes geworden.

Ich hatte es von einem gemeinsamen Freund erfahren. Wir hatten keinen Kontakt mehr. Er war nur noch einmal in unserer Wohnung gewesen, als ich unterwegs war.

Ich wollte es mir gerade auf meinem Balkon gemütlich machen, als es an der Tür klingelte.

Es war meine Freundin Beate. Sie war die Einzige, die wirklich Verständnis für mich hatte.

Sie kam gelegentlich vorbei um mich aufzuheitern.

Sie hatte eine Flasche Prosecco mitgebracht.

Ich holte Gläser und wir setzten uns draußen in die Abendsonne.

„Mia, Du musst mal raus hier! Ich mache mir Sorgen. Du bist furchtbar blass und wirst immer dünner!" sagte sie.

„Hast Du mit meiner Mutter gesprochen? Die sagt auch immer ich soll mehr unter die Leute gehen!" antwortete ich.

„Ich habe wirklich mit ihr gesprochen. Wir sind der Meinung Du solltest unbedingt Urlaub machen. Vielleicht fliegst Du einfach nochmal nach Sardinien. Du liebst die Insel doch!“ sagte sie.

„Ich kann nicht nochmal dorthin!“ sagte ich entsetzt. „Dort erinnert mich doch alles an Vincent.“

„Aber vielleicht wäre das genau das Richtige. Manchmal muss man sich mit Dingen konfrontieren um sie zu verarbeiten!“

Beate war Psychotherapeutin, dass merkte ich jetzt.

„Ich kann nicht! Außerdem habe ich Angst vor dem Fliegen. Allein bekommt mich keiner in ein Flugzeug!“ sagte ich.

„Dann fahr mit dem Auto. Das hatte Vincent damals doch auch so gemacht!“

Beate ließ keine Ausrede gelten und ich begann zu grübeln.

Später, als Beate wieder gegangen war, ging mir der Gedanke nach Sardinien zu reisen, nicht mehr aus dem Kopf.

Ich musste wirklich mal raus aus dem Alltagstrott. Ich merkte ja selber, dass es mir immer schlechter ging.

Im nächsten Monat hatte ich Urlaub.

Ich rief meine Mutter an und bat sie, ihre Freundin Monika zu fragen, ob das Ferienhaus frei sei.

Meine Mutter war hocherfreut, als sie hörte, dass ich Urlaub machen wollte.

„Das ist eine gute Idee Mia! Das wird Dir gut tun", sagte sie.

„Ich rufe Monika gleich an und frage sie. Dann sage ich Dir Bescheid!"

Eine halbe Stunde später rief sie zurück, um mir mitzuteilen, dass ich auf Sardinien Urlaub machen könnte. Monika wollte meiner Mutter den Schlüssel schicken und ich konnte ihn dann abholen.

„Ich freue mich so für Dich. Du wirst es bestimmt nicht bereuen!" sagte meine Mutter zum Abschied.

Das hörte sich irgendwie geheimnisvoll an.

In den nächsten Tagen war ich damit beschäftigt alles für die Reise vorzubereiten. Das Ticket für die Fähre buchte ich online. Mein Koffer stand schon im Schlafzimmer und wartete darauf gepackt zu werden.

Am Abend vor der Abfahrt war ich total nervös.

Ich war noch nie alleine in Urlaub
gefahren, aber ich freute mich doch schon
sehr auf die Sonne und das Meer.

Als ich am nächsten Morgen ganz früh ins
Auto stieg, war ich sehr stolz auf mich.

Die ersten Kilometer ging es gut vorwärts.
Nach zwei Stunden machte ich die erste
Pause.

Ich holte mir an einer Autobahnraststätte
einen Kaffee und ein belegtes Brötchen.
Ein Blick auf die Uhr zeigte mir, dass ich
noch genug Zeit hatte, um die Fähre
rechtzeitig zu erreichen.

In Deutschland war der Sommer bisher
sehr regnerisch, daher konnte ich es kaum
erwarten, mich am Strand in die Sonne zu
legen.

Am frühen Nachmittag erreichte ich
Genua.

Mein Navi leitete mich sicher bis an den Fährhafen.

Da ich noch etwas Zeit hatte, holte ich mir an einem Kiosk eine Flasche Wasser, denn in Italien war es schon richtig heiß.

Als es losging und ich mit dem Wagen auf die Fähre fuhr, war ich dann doch aufgeregt.

Aber es ging alles gut. Ein junger Mann dirigierte die Autofahrer auf ihre Plätze. Nachdem ich das Auto abgestellt hatte, konnte ich endlich auf das Passagierdeck gehen.

Ich musste mich erstmal orientieren, aber dann fand ich den Weg auf das Panoramadeck. Ein warmer Wind wehte mir ins Gesicht und ich konnte endlich entspannen.

Ich hatte es geschafft.

Aus dem Augenwinkel heraus sah ich einen jungen Mann, der sich direkt neben mich stellte.

Ich drehte mich zur Seite und dann dachte ich mein Herz würde aussetzen.

Neben mir stand Vincent!

„Oh mein Gott! Was…ich…" stotterte ich.

Vincent nahm mich einfach in den Arm und flüsterte mir ins Ohr:

„Ich bin es wirklich. Es tut mir leid, wenn Du Dich erschrocken hast. Aber ich konnte nicht länger abwarten Dich zu sehen!"

„Wie kommst Du hierher?" wollte ich wissen. „Und woher wusstest Du, dass ich hier an Bord bin?"

Ich konnte es immer noch nicht fassen.

Vincent nahm mich an die Hand.

Dann ging er mit mir zu einer Bank im hinteren Bereich des Decks, wo wir fast allein waren.

„Hier sind wir ungestört. Ich muss Dir etwas erklären Mia. Es ist im letzten Jahr so viel passiert!" sagte er.

„Du siehst so gut aus! Richtig gesund!" sagte ich begeistert.

„Es geht mir auch gut!" sagte Vincent und dann öffnete er die Knöpfe seines Hemdes.

Ich konnte eine lange Narbe im Brustbereich erkennen.

„Hast Du ein neues Herz?" fragte ich mit zitternder Stimme.

Vincent nickte.

„Als ich letztes Jahr nach unserem Urlaub nach Hause fuhr, ging es mir sehr schlecht.

Zum einen habe ich Dich unendlich vermisst, aber auch mein Gesundheitszustand hat sich in Deutschland dramatisch verschlechtert.

Kurz vor Weihnachten wurde ich ins Krankenhaus eingeliefert. Der Arzt hatte keine große Hoffnung, dass ich das neue Jahr noch erleben würde."

Vincent schaute mich von der Seite an.

Ich wollte ihn nicht unterbrechen und er sprach nach einer Weile weiter.

„Und dann passierte das Unfassbare. Bei einem Autounfall starb ein Mann, dessen Herz genau zu mir passte. Ich wurde noch am gleichen Tag operiert und bin dem Teufel nochmal von der Schippe gesprungen!"

Vincent lächelte glücklich.

„Das war wirklich ein Wunder. Geht es Dir denn jetzt gut?" wollte ich wissen.

„Mittlerweile geht es mir sogar sehr gut. Ich war lange in einer Rehaklinik, wo man mich sehr gut betreut hat. Natürlich muss ich weiterhin viele Medikamente nehmen, aber ich kann fast wieder ein normales Leben führen", sagte Vincent.

„Aber woher wusstest Du, dass ich unterwegs nach Sardinien bin? Ich bin eben fast in Ohnmacht gefallen, als ich Dich gesehen habe!" sagte ich ehrlich.

„Ich bin schon seit ein paar Wochen in Kontakt mit Deiner Mutter. Ich habe ihre Telefonnummer von Monika Holtmann."

Ich begriff immer noch nichts.

„Ich kenne die Monika, die Freundin Deiner Mutter, doch schon lange.

„Sie und ihr Mann haben früher immer Urlaub auf Sardinen gemacht. Wir waren oft gleichzeitig dort. Ich habe sie angerufen und sie gebeten mir die Telefonnummer Deiner Eltern zu geben“, sprach Vincent weiter.

So langsam begriff ich, wie alles abgelaufen war. Deshalb war meine Mutter so erfreut, als ich ihr gesagt hatte, dass ich nach Sardinien reisen wollte.

„Ich glaube ich brauche jetzt einen Schnaps!“ sagte ich laut.

Vincent lachte laut.

„Den hast Du Dir aber auch verdient. Komm wir gehen in die Bar.“

Ich schaute Vincent nach, wie er an die Theke ging und für mich einen Grappa bestellte.

Er sah wirklich gut aus. Er war nicht mehr so dünn, sondern richtig durchtrainiert.

Wahrscheinlich durfte er wieder Sport machen, denn er hatte kräftige Oberarme bekommen.

Er kam mit einem Schnapsglas für mich und einer Flasche Wasser zurück an den Tisch.

Ich kippte den Schnaps hinunter und musste husten.

Aber danach beruhigten sich langsam meine Nerven.

„Ich kann immer noch nicht glauben, dass Du hier neben mir sitzt. Ich habe die letzten Monate so oft an Dich gedacht und ich habe wirklich überlegt, ob ich Dich suchen sollte. Aber ich wollte auch Deinen Wunsch respektieren!" sagte ich.

„Ich konnte Dich auch nicht vergessen. Du bist meine Traumfrau und jetzt haben wir vielleicht doch noch eine zweite Chance!"

Vincent schaute mir lange in die Augen.

Dann beugte er sich zu mir und küsste mich. In diesem Moment war ich der glücklichste Mensch der Welt.

Wir verbrachten die nächtliche Überfahrt an Deck. Wir hatten uns so viel zu erzählen und konnten sowieso nicht schlafen. Als es hell wurde, konnte man schon die Umrisse von Sardinien erkennen.

Wir tranken noch einen Kaffee, dann mussten wir zu unseren Autos gehen.

Wir hatten verabredet, erstmal zum Jacht-Hafen von Olbia zu fahren um dort zu frühstücken.

Den Weg kannte ich ja schon. Vincent fuhr voraus und ich folgte ihm. Wir trafen uns an dem Parkplatz, wo ich im letzten Jahr bereits war.

Es war schon sehr warm. Wir suchten uns im Außenbereich eines Cafés ein schattiges Plätzchen.

Nach dem Frühstück fuhren wir dann direkt zu unserem Urlaubsdomizil.

„Möchtest Du in Monikas Haus wohnen oder vielleicht doch gleich mit zu mir?" fragte Vincent und grinste.

Natürlich blieb ich bei Vincent. Wir waren unzertrennlich und verbrachten jede freie Minute zusammen. Wir schwammen im Meer, fuhren einmal quer über die Insel und saßen abends lange im Garten.

„Wenn ich mir vorstelle, dass ich eigentlich jetzt allein hier wäre, dann kann ich mein Glück kaum fassen", sagte ich, als wir wieder einmal gemeinsam in Vincents Küche kochten.

Später saßen wir auf der Terrasse und spielten Karten. Ich hatte den Verdacht, dass Vincent mich immer gewinnen ließ.

Als es dunkel wurde gingen wir noch einmal an den Strand. Wir waren ganz allein dort.

Ich schaute aufs Meer hinaus, als Vincent mich umarmte und zärtlich küsste.

„Weißt Du eigentlich, dass ich fast alles wieder machen darf!" flüsterte er leise.

Ich schaute ihn erstaunt an und fragte:

„Auch mit mir schlafen? Ist das nicht zu gefährlich?" fragte ich.

Vincent grinste.

„Es kommt darauf an, was Du mit mir vorhast!"

„Dann lass uns mal sehen was passiert!" antwortete ich.

Als wir später nebeneinander im Bett lagen, war ich unbeschreiblich glücklich. Nie hätte ich geglaubt, dass das Schicksal es so gut mit uns meinen würde.

Ich legte meinen Kopf auf Vincents Brust und hörte seinen gleichmäßigen Herzschlag.

Mein Urlaub ging viel zu schnell zu Ende. Diesmal war es aber kein Abschied für immer, sondern wir planten unsere gemeinsame Zukunft.

Kapitel 3

Als ich wieder in Deutschland war,
kündigte ich meinen Job.

Die Wohnung überließ ich einer Freundin
und zog zu Vincent nach Hamburg.

Wir hatten das schon während des
Urlaubs abgesprochen.

Ich fand schnell einen neuen Arbeitsplatz.
Auch Vincent arbeitete ab und zu als
Tennistrainer.

An Silvester hatten wir die Familie
eingeladen. Endlich lernte ich Vincents
Eltern und er meine kennen.

Barbara und Vincenzo waren ganz
entzückend. Vincent sah aus wie sein
Vater. Die beiden hatten sogar den
gleichen Vornamen.

Vincenzo heißt Vincent.

Wir feierten alle ausgelassen ins Neue
Jahr. Vincents Eltern waren überglücklich,
dass es ihm so gut ging.

Nachdem wir um Mitternacht auf das
Neue Jahr angestoßen hatten, verschwand
Vincent kurz im Schlafzimmer. Nach einer
Weile kam er mit einem riesigen
Rosenstrauß zurück.

Er kniete sich vor mich und fragte nervös:

„Mia, willst Du meine Frau werden?"

Mir kamen die Tränen. Ich war so
überrascht und glücklich.

Ich brauchte nicht lange zu überlegen. Das
Jahr hätte nicht schöner beginnen können.

„Natürlich! Ich kann mir nichts Schöneres
vorstellen!" sagte ich und half Vincent
wieder hoch.

Dann küssten wir uns unter dem Applaus
unserer Eltern.

Wir heirateten im Mai und verbrachten
unsere Flitterwochen auf Sardinien.
Vincents Eltern hatten uns das Haus am
Meer zum Hochzeitsgeschenk gemacht.
Wir waren so glücklich und dachten es
würde ewig so weiter gehen.

Als wir wieder zurück in Deutschland
waren, merkte ich, dass ich schwanger
war. Als ich es Vincent erzählte, hatte er
Tränen in den Augen.

Im nächsten Frühjahr würden wir eine
kleine Familie sein.

Aber dann kam alles ganz anders….

Kapitel 4

Ich hatte schon am Morgen, als ich aufstand, ein komisches Gefühl.

Vincent saß am Küchentisch und sah unheimlich blass aus.

„Was ist los Schatz? Geht es Dir nicht gut?" fragte ich erschrocken.

„Ich habe Herzrhythmusstörungen. Ich bekomme kaum Luft!" sagte Vincent.

Ich nahm mein Handy und wählte sofort den Notruf.

Vincent war kaum ansprechbar und ich geriet zunehmend in Panik.

Nach zehn Minuten war der Rettungsdienst eingetroffen.

Ich zeigte dem Notarzt Vincents Krankenakte und den Transplantationsausweis, damit er gleich handeln konnte.

Vincent bekam Sauerstoff und wurde stabilisiert. Dann brachte man ihn in die Uniklinik.

Ich war nicht in der Lage selbst zu fahren. Deshalb fuhr ich mit dem Taxi hinterher.

Auf dem Weg ins Krankenhaus informierte ich direkt Vincents Eltern.

Ich war wie gelähmt vor Angst.

In der Notfallaufnahme musste ich gefühlt eine Ewigkeit warten. Mein Herz klopfte wie wild. Ich konnte mich nicht beruhigen und bekam Angst um unser ungeborenes Kind.

Eine Krankenschwester brachte mir ein Glas Wasser.

Als ich einen Schluck trinken wollte, zitterten meine Hände so sehr, dass ich die Hälfte verschüttete.

Plötzlich legte Jemand seine Hand auf meine Schulter.

Ich schaute erschrocken hoch. Vor mir stand ein Arzt, der mir freundlich zulächelte.

„Sind Sie Frau Varano?" fragte er.

Ich konnte nur nicken. Mein Hals war wie zugeschnürt.

„Ich bin Dr. Werth, ich habe bei Ihrem Mann die Transplantation vorgenommen. Darf ich mich zu Ihnen setzen?" fragte er.

„Natürlich!" flüsterte ich leise.

„Ich war eben bei Ihrem Mann. Er hat Anzeichen einer Abstoßung des Organs. Das passiert leider öfter.

Wir müssen die Dosis des Medikaments erhöhen. Ich hoffe, dass es hilft."

Dr. Werth schaute zuversichtlich. Er legte seine Hand auf meinen Arm.

„Im Moment ist er stabil. Er muss aber auf die Intensivstation. Dann dürfen Sie zu ihm!" sagte er.

Ich atmete tief durch. Langsam wurde ich ruhiger.

„Mia, was ist denn passiert?" hörte ich plötzlich die Stimme von Barbara, Vincents Mutter.

Dr. Werth stand auf und gab Barbara die Hand. Dann verabschiedete er sich von mir.

„Ich schaue später nochmal nach Ihrem Mann!" sagte er. Er lächelte mir und Barbara freundlich zu.

Dann verließ er die Notfallambulanz mit schnellen Schritten.

Ich umarmte Barbara und erzählte ihr, was passiert war. Wir hielten uns gegenseitig fest.

Dann nahm Barbara meine Hand.

„Wie geht es Dir denn Mia und wie geht es unserem Enkelkind?" fragte sie.

„Ich war letzte Woche zur Kontrolle. Es ist alles in Ordnung. Sie entwickelt sich prima!" sagte ich glücklich.

Dann merkte ich an Barbaras Gesichtsausdruck, dass ich mich verplappert hatte.

„Ja, es wird ein Mädchen!" sagte ich leise.

Barbara nahm mich nochmal in den Arm und drückte mich fest.

„Es wird alles gut werden!" sagte sie.

Eine Stunde später durften wir zu Vincent. Er war in der Zwischenzeit von der Notfallaufnahme auf die Intensivstation gebracht worden.

Er lag blass und mit geschlossenen Augen im Bett. In der Nase hatte er eine Sauerstoffzufuhr.

Als wir an sein Bett traten, öffnete er kurz die Augen. Ein Lächeln huschte über sein Gesicht.

„Wie geht es Dir mein Schatz? Du hast uns einen Riesenschrecken eingejagt!" flüsterte ich.

Vincent versuchte zu sprechen, es kam aber nur ein Krächzen über seine Lippen.

Barbara streichelte Vincent über den Arm.

„Ruh Dich erstmal aus. Du bist hier in guten Händen!" sagte sie.

Ich hatte gar nicht bemerkt, dass Dr. Werth in den Raum gekommen war.

Er trat an Vincents Bett und nahm die Krankenakte aus einer Halterung.

„Was machen Sie denn schon wieder hier Vincent?" fragte er und grinste. „Ich wollte Sie so schnell nicht wiedersehen!"

Vincent lächelte auch.

„Herr Dr. Werth, Ich mag Sie sehr gern, aber ich hätte mir auch gewünscht, dass mein Herz länger hält!" flüsterte er.

„Jetzt bleiben Sie mal optimistisch. Wir machen erstmal eine Reihe von Untersuchungen. Vielleicht reicht es schon die Immunsuppressiva zu erhöhen."

Er schaute zu mir und Barbara.

„Das sind die Medikamente, die das Abstoßen des Organs verhindern sollen."

Mir wurde auf einmal schwarz vor Augen.
Ich musste mich setzen.

Dr. Werth kam direkt zu mir und fühlte
meinen Puls.

„Meine Schwiegertochter ist schwanger!"
sagte Barbara.

„Und ich habe heute noch nichts
gegessen!" sagte ich leise.

Ich war ja direkt nach dem Aufstehen mit
Vincent ins Krankenhaus gefahren.

Dr. Werth hatte ein Glas Wasser geholt
und reichte es mir.

„Trinken Sie etwas und dann gehen Sie ins
Krankenhausrestaurant und essen erstmal
eine Kleinigkeit."

Er schaute zu Vincent.

„Sie müssen ohnehin gleich die Intensivstation verlassen!" sagte er besorgt.

Wir verabschiedeten uns von Vincent. Ich küsste ihn vorsichtig und sagte dann:

„Ich komme wieder, sobald ich kann!"

Vincent nickte und schloss gleich wieder die Augen.

Wir verließen leise den Raum.

Vor der Tür nahm mich Dr. Werth noch einmal zur Seite.

„Passen Sie bitte auch auf sich auf. Hier im Krankenhaus bin ich für Vincent zuständig."

Dann zwinkerte er mir zu und gab Barbara und mir zum Abschied die Hand.

Barbara hakte mich unter und fuhr mit mir im Aufzug ins Erdgeschoss, wo sich das Restaurant befand.

Ich trank eine Tasse Kaffee und bestellte ein belegtes Brötchen. Danach ging es mir etwas besser.

Nachdem mich Barbara nach Hause gebracht hatte, rief ich erstmal meine Eltern an und informierte sie darüber, was passiert war.

„Soll ich kommen?" fragte meine Mutter direkt. „Ich möchte nicht, dass Du allein zuhause bist. Du musst auch auf Dich achten."

„Es ist alles in Ordnung!" antwortete ich und strich über meinen Babybauch. „Ich verspreche Dir, dass ich vorsichtig bin."

„Halte uns bitte auf dem Laufenden. Wir machen uns große Sorgen!" antwortete meine Mutter.

Ich versprach, jeden Tag anzurufen und legte dann auf. Ich musste mich hinlegen. Erst jetzt merkte ich, wie müde ich war.

Als ich wieder erwachte, war es draußen schon fast dunkel.

Ich rief sofort nochmal auf der Intensivstation an und erkundigte mich nach Vincents Zustand. Es ging ihm unverändert.

In der Nacht schlief ich schlecht. Ich wurde jede Stunde wach. Um sechs Uhr stand ich dann endgültig auf.

Nachdem ich geduscht hatte, kochte ich mir einen Kaffee. Ich aß ein paar Kekse und zog mich dann an, um ins Krankenhaus zu fahren.

Auf der Intensivstation roch es nach Desinfektionsmitteln. Mir wurde übel. Seitdem ich schwanger war, konnte ich einige Gerüche nicht vertragen.

Ich atmete ein paar Mal tief durch. Dann ging es mir besser.

Eine Krankenschwester öffnete mir die Tür.

Als ich an Vincents Bett trat, war Dr. Werth schon da.

Er deutete auf einen Stuhl neben dem Bett.

„Setzten Sie sich doch bitte", sagte er.

Vincent schlief und sah sehr schlecht aus.

„Wie geht es Vincent heute? Gibt es Neuigkeiten?" fragte ich voller Angst.

Dr. Werth legte seine Hand auf meine Schulter.

Er schaute sehr ernst.

„Es sieht nicht gut aus. Die Medikamente greifen nicht richtig. Wir müssen mit dem Schlimmsten rechnen. Es tut mir sehr leid!" sagte der Arzt.

Ich zitterte plötzlich am ganzen Körper. Ich schaute zu Dr. Werth hoch und konnte nicht glauben, was er gerade gesagt hatte.

„Soll das heißen, dass mein Mann sterben wird?" fragte ich.

Mein Herz klopfte bis zum Hals.

Dr. Werth nickte.

„Wir tun alles, was in unserer Macht steht. Aber das nochmal rechtzeitig ein Spenderherz zur Verfügung steht, ist sehr unwahrscheinlich."

Ich weinte leise. Das durfte nicht wahr sein.

Vincent durfte doch jetzt nicht sterben. Er hatte sich doch so auf unser Kind gefreut.

Dr. Werth streichelte über meinen Rücken.

„Soll ich seine Eltern informieren?" fragte er.

Ich konnte nur nicken. Ich war nicht in der Lage einen klaren Gedanken zu fassen.

Als Barbara und Vincenzo eintrafen, war Vincent bereits ins Koma gefallen.

Am frühen Abend starb er ohne nochmal das Bewusstsein wieder zu erlangen.

Was danach geschah, erlebte ich nur wie im Nebel.

Ich stand unter Schock.

Vincents Eltern regelten alles.

Meine Mutter kam direkt, nachdem sie die Nachricht von Vincents Tod erhalten hatte. Sie blieb bei mir bis nach Vincents Beerdigung.

Ich weiß nicht, wie ich diese Zeit überstanden habe. Nur der Gedanke an unser Kind hielt mich davon ab, Dummheiten zu machen.

„Komm doch mit nach Frankfurt. Hier erinnert Dich doch alles an Vincent. Ich mache mir solche Sorgen um Dich!" sagte meine Mutter, als sie ihre Sachen packte.

Ich schüttelte den Kopf.

„Ich bleibe hier. Hier habe ich das Gefühl, dass Vincent immer noch bei mir ist!" sagte ich leise.

Nachdem meine Mutter zurück nach Frankfurt gefahren war, musste ich mein Leben wieder selbst regeln. Das fiel mir sehr schwer, aber es lenkte mich auch etwas von meinem Schmerz ab.

Ich ging wieder arbeiten und nahm meine Termine beim Frauenarzt wahr. Unser kleines Mädchen wuchs und es war alles in Ordnung.

Barbara kam regelmäßig vorbei und half mir im Haushalt. Mit zunehmender Schwangerschaft wurde alles sehr mühselig.

Mitte Februar begann dann der Mutterschutz.

Ich besuchte verschiedene Kurse für Schwangere. Leider war ich die Einzige, die ohne den werdenden Vater erschien. Das versetzte mir jedes Mal einen Stich.

Mein Schmerz über Vincents Tod war immer noch übermächtig.

Das Einzige, was mich auf andere Gedanken brachte, war die Vorbereitung auf die Geburt.

In Vincents Arbeitszimmer hatte ich ein wunderschönes Kinderzimmer eingerichtet.

 Es fehlte nur noch der Kinderwagen. Den wollte ich an diesem Tag kaufen.

Ich fuhr in die Innenstadt und stellte mein Auto im Parkhaus ab.

Als ich zu den Aufzügen gehen wollte, hörte ich plötzlich jemanden meinen Namen rufen.

Es war Dr. Werth.

„Hallo Frau Varano. Wie geht es Ihnen?" fragte er.

„Das ist von Tag zu Tag unterschiedlich. Manchmal geht es ganz gut, dann bin ich wieder unendlich traurig", antwortete ich.

„Das ist doch verständlich!" sagte Dr. Werth. „Was macht die Schwangerschaft? Wann ist es soweit?"

„In vier Wochen. Das Baby soll Anfang April kommen!" sagte ich.

„Ich wünsche Ihnen alles Gute. Darf ich mich mal nach Ihnen erkundigen?" fragte Dr. Werth.

Ich schaute überrascht.

„Natürlich. Wenn Sie das möchten!" sagte ich.

„Ich habe ja noch Ihre Telefonnummer. Sie haben sie damals im Krankenhaus angegeben. Ich würde gern wissen, wie es Ihnen geht!" antwortete Dr. Werth.

Wir verabschiedeten uns. Ich schaute Dr. Werth noch eine Weile nach.

Er war ein sehr netter und attraktiver Mann. Ich war etwas irritiert, dass er mich anrufen wollte. Wahrscheinlich war er aber einfach nur besorgt.

Ich fand einen schönen und praktischen Kinderwagen und konnte auch bei der Babykleidung nicht widerstehen.

Den Kinderwagen ließ ich mir liefern. Die süßen Babysachen nahm ich direkt mit.

Als ich es mir am Abend auf der Couch gemütlich machen wollte, klingelte das Telefon.

„Guten Abend Frau Varano. Ich hoffe ich störe nicht!"

Ich war erstaunt, dass Dr. Werth sich so schnell bei mir meldete.

„Sagen Sie doch bitte Mia. Und Sie stören mich nicht!" antwortete ich.

„Dann möchte ich aber, dass wir uns duzen. Ich heiße Julian!" antwortete Dr. Werth.

Wir unterhielten uns lange an diesem Abend. Ich war erstaunt, wie unkompliziert Julian war. Er war ein angesehener Arzt und ich hatte erwartet, dass er vielleicht arrogant sein könnte.

Aber er war sehr lustig und brachte mich endlich einmal auf andere Gedanken. Nachdem wir uns verabschiedet hatten, ging es mir tatsächlich etwas besser.

Von dem Tag an telefonierten wir regelmäßig. Es wurde ein wöchentliches Ritual.

Ich begann mich auf seine Anrufe zu freuen, hatte aber ein schlechtes Gewissen.

Als ich das nächste Mal mit Julian telefonierte, sprach ich ihn darauf an.

„Ich habe irgendwie das Gefühl, das ich Vincent hintergehe, wenn wir so oft miteinander telefonieren. Kannst Du das verstehen?" fragte ich.

Am anderen Ende herrschte eine Weile Stille. Dann sagte Julian:

„Möchtest Du, dass ich nicht mehr anrufe?" fragte er leise.

„Warum hast Du Dich denn überhaupt bei mir gemeldet?" wollte ich wissen.

Julian räusperte sich.

„Weil ich in Dich verliebt bin!"

„Ich habe selbst ein schlechtes Gewissen,
aber für meine Gefühle kann ich nichts!"
sagte er.

„Dann solltest Du nicht mehr anrufen. Ich
habe Vincent sehr geliebt und kann mir
nicht vorstellen, jemals mit einem
anderen Mann zusammen zu sein. Ich
sehe in Dir nur einen Freund!" antwortete
ich.

Julian sagte lange nichts, dann seufzte er
und sagte:

„Es tut mir leid Mia. Aber ich kann Dich
verstehen. Pass auf Dich auf!"

Dann legte er auf.

Mir ging es nach dieser Entscheidung
schlecht, aber ich konnte nicht anders.

Zwei Wochen später bekam ich in der
Nacht starke Wehen. Ich rief Barbara an.

Sie kam sofort und brachte mich ins Krankenhaus.

Am frühen Morgen kam meine Tochter zur Welt. Sie war wunderschön. Ich weinte, als man sie mir in den Arm legte, denn sie sah aus wie Vincent. Sie hatte seine dunklen Haare und Teint, aber meine blauen Augen.

Ich wiegte sie in meinen Armen und war das erste Mal seit Vincents Tod glücklich.

Am nächsten Tag kamen meine Eltern und Vincenzo um Emilia zu sehen.

Den Namen hatten Vincent und ich uns ausgesucht, nachdem wir wussten, dass wir eine Tochter bekommen würden.

Emilia war kerngesund und wir durften schon am nächsten Tag nach Hause.

Eine Hebamme kam die ersten Tage um mich zu unterstützen.

Barbara kam auch oft vorbei. Sie liebte ihr Enkelkind sehr und verwöhnte Emilia, wo sie nur konnte.

So langsam gewöhnte ich mich daran alleine zu sein. Ich konnte aber immer noch nicht auf den Friedhof gehen. Die Vorstellung, dass Vincent dort in der Erde lag, war unerträglich für mich.

Ich erinnerte mich lieber daran, wie glücklich wir waren. Erst jetzt begriff ich, dass uns diese gemeinsame Zeit nach der Transplantation geschenkt worden war und ich war dankbar dafür.

Emilia war jetzt schon ein halbes Jahr alt und ein ganz liebes Mädchen. Sie weinte fast nie und war wirklich genügsam. Nur ihr Stoffhase musste immer dabei sein. Sonst machte sie Theater und quengelte die ganze Zeit.

Ein paar Monate später hatte ich einen Traum, der so real war, dass ich erschrocken aufwachte.

Ich hatte geträumt, dass ich mit Vincent am Strand lag. Er drehte sich zu mir um und streichelte mein Haar.

Dann sagte er:

„Mia, fahr nach Sardinien. Besuch noch einmal mit unserer Tochter alle Plätze, an denen wir so glücklich waren. Ich werde dann bei Euch sein!"

Ich musste weinen. Was hatte dieser Traum zu bedeuten?

Ich telefonierte am Abend mit meiner Mutter und erzählte ihr davon.

„Das ist doch ein Zeichen! Fahr in Euer Haus und akzeptiere Vincents Tod. Denk an die schöne Zeit, die ihr miteinander hattet", sagte sie.

„Ich überlege es mir!" sagte ich, denn ich
wusste nicht, ob ich schon bereit dazu
war.

Ein paar Tage später klingelte das Telefon,
als ich gerade Emilia fütterte. Ich ließ es so
lange klingelte, bis der Anrufbeantworter
ansprang.

Und dann hörte ich Julians Stimme.

„Hallo Mia, ich wollte mal hören, ob es Dir
gut geht. Ich habe gestern Deinen
Schwiegervater getroffen. Er war zur
Kontrolle im Krankenhaus. Ich wollte Dir
zu Deiner Tochter gratulieren. Meldest Du
Dich mal bei mir?"

Er räusperte sich. Ich hatte das Gefühl,
dass er noch etwas sagen wollte, aber
dann legte er einfach auf.

„Was meinst Du Emilia? Soll ich
zurückrufen?" fragte ich meine Tochter.

Sie lächelte und riss an meinen Haaren.

„Das werte ich mal als ein Ja!“ sagte ich und musste lachen.

Am Abend nahm ich das Telefon und setzte mich auf den Balkon. Als ich Julians Nummer wählte, war ich tatsächlich nervös.

„Mia! Wie schön, dass Du zurückrufst!“ hörte ich Julians Stimme.

Er war ganz außer Atem.

Ich hörte ein Poltern. Ihm war das Telefon hinunter gefallen.

Ich musste grinsen.

„Hallo Julian! Meine Tochter meinte, es sei höflich, mich bei Dir zu melden!“ sagte ich.

„Deine Tochter? Wie heißt sie denn?"
fragte er.

„Sie heißt Emilia!" antwortete ich.

„Dann sag ihr vielen Dank! Sie ist ein
vernünftiges Mädchen!"

Ich hörte wie Julian lachte.

„Wie geht es Dir?" wollte ich wissen.

„Eigentlich ganz gut. Ich habe wie immer
viel zu tun. Ich brauche dringend Urlaub!"
antwortete er.

„Du arbeitetest wirklich zu viel. Willst Du
irgendwann bei Dir auf der Station
landen?" fragte ich besorgt.

„Ich bin lieber im Krankenhaus als in
meiner leeren Wohnung. Ich brauche
jemanden, der mich aus meinem
Schneckenhaus herausholt!" antwortete
Julian.

Ich wusste genau, wen er damit meinte.

„Möchtest Du Emilia und mich mal besuchen? Ich backe auch einen Kuchen!" sagte ich.

„Wirklich?" fragte Julian.

Er war anscheinend sehr erstaunt über die Einladung.

„Ich komme sehr gern. Wann ist es Dir denn Recht?"

„Wie wäre es mit Samstagnachmittag zum Kaffee. So um fünfzehn Uhr?" antwortete ich. „Oder musst Du arbeiten?"

Julian überlegte kurz.

„Ich werde pünktlich sein. Ich freue mich sehr!" sagte er dann.

„Ich freue mich auch!" antwortete ich. „Bis Samstag!"

Nachdem wir das Gespräch beendet hatten, nahm ich ein Foto von Vincent vom Regal und sagte leise:

„Ich hoffe es ist Dir Recht!"

Julian brachte mir einen riesigen Blumenstrauß und ein Entchen für die Badewanne für Emilia mit.

Als er mich in den Arm nahm, war es ein komisches Gefühl.

So lange hatte mich schon kein Mann mehr berührt. Ich zuckte kurz zurück.

„Entschuldige bitte!" sagte er.

„Es ist mein Problem. Ich muss mich erst wieder daran gewöhnen!" antwortete ich.

Julian lächelte.

Er hatte wunderschöne grüne Augen.

Das fiel mir erst jetzt richtig auf.
Außerdem war er mindestens einen Kopf
größer als ich und sehr sportlich.

„Sollen wir uns auf den Balkon setzen? Es
ist so schön warm heute!" fragte ich.

Julian nickte. Ich zeigte ihm den Weg.
Emilia lag im Schatten in ihrer Babywippe
und schlief.

„Mein Gott ist die süß!" sagte Julian leise
um sie nicht zu wecken.

Ich lächelte stolz.

„Ja, das ist sie. Sie hat ihre Großeltern fest
im Griff und weiß jetzt schon, was sie mit
einem Lächeln erreichen kann!" sagte ich.

Julian grinste.

„Ihre Mutter hat das aber auch gut drauf!"
antwortete er.

„Das nehme ich als Kompliment!" sagte
ich. „Setz Dich doch. Ich hole schnell den
Kaffee und mein Backmeisterwerk!"

Ich hatte einen Käsekuchen gebacken.
Den stellte ich neben die Kaffeekanne auf
ein Tablett und brachte alles nach
draußen.

Wir unterhielten uns, tranken Kaffee und
Julian griff beim Kuchen kräftig zu.

Dann wurde Emilia wach und schaute
neugierig zu Julian hinüber.

Der reichte ihr jetzt das Schwimmentchen.

Emilia grabschte danach und brabbelte
gut gelaunt.

„Du scheinst ihren Geschmack getroffen
zu haben", sagte ich.

Julian blieb bis zum Abend. Wir brachten
Emilia noch gemeinsam ins Bett.

Dann verabschiedete er sich. Er wollte
mich noch einmal umarmen, zögerte aber.

„Das ist schon okay!" sagte ich.

Er strich mir aber nur kurz über die Haare
und sagte:

„Vielen Dank für den schönen
Nachmittag!"

Dann schloss er die Tür hinter sich.

Am nächsten Morgen fasste ich dann
einen Entschluss.

Ich buchte eine Fähre nach Sardinien.
Dann informierte ich meine Eltern und
auch meine Schwiegereltern, dass ich mit
Emilia in unser Haus fahren wollte. Julian
sagte ich auch Bescheid.

Vincenzo wollte gleich die italienische Familie aktivieren, damit sie mich unterstützen konnte, aber ich lehnte ab.

Ich wollte mit Emilia an all die Orte fahren, an denen ich mit Vincent so glücklich war. Mein Traum hatte doch etwas zu bedeuten! Ich wollte Vincent noch einmal so nahe sein.

Anfang September war es dann soweit. Ich hatte unsere Koffer gepackt und Emilias Utensilien verstaut. Sie saß in ihrem Kindersitz und schlief. Es konnte losgehen.

Die Fahrt verlief ohne Stau. Emilia schlief fast die ganze Zeit. Erst als wir auf die Fähre fuhren, wurde sie wach und fing an zu quengeln. Sie hatte Hunger.

Ich hatte diesmal eine Kabine gebucht, weil ich mit Emilia nicht die ganze Nacht auf dem Deck verbringen wollte.

Ich fütterte Emilia und legte sie auf das Doppelbett. Sie spielte noch eine Weile mit ihrem Stoffhasen, dann schlief sie wieder ein.

Ich aß noch etwas Obst, das ich von zuhause mitgenommen hatte und legte mich dann neben sie. Ich war nach der langen Autofahrt auch müde.

Am nächsten Morgen wurde ich schon sehr früh von Emilia geweckt. Sie hatte Durst.

Nachdem ich ihr etwas zu trinken gegeben hatte, zog ich sie an und ging mit ihr auf das Panoramadeck. Es war angenehm warm.

Ich setzte mich auf eine Bank und nahm Emilia auf den Schoß.

Langsam ging die Sonne auf. Bald waren wir am Ziel.

Ich wollte zwei Wochen auf Sardinien bleiben. Es wurde aber ein Monat daraus. Ich besuchte mit Emilia die Plätze, an denen ich mit Vincent war.

Die Erinnerungen brachten mich manchmal zum Weinen, aber auch zum Lachen. Mir war Vincent manchmal so nahe, dass es unheimlich war. Es war so, wie er es in meinem Traum gesagt hatte. Er war bei uns! Jedenfalls kam es mir so vor.

Hier auf Sardinien gelang es mir auch endlich seinen Tod zu akzeptieren.

Vincent war so plötzlich gestorben.

Ich hatte eigentlich keine Gelegenheit gehabt, richtig Abschied zu nehmen. Das konnte ich erst jetzt hier auf Sardinien.

Als ich am letzten Urlaubstag die Tür unseres Hauses hinter mir verschloss, wusste ich nicht, ob ich wiederkommen würde.

Sardinien war Vincents und meine Insel. Ohne ihn konnte ich hier nicht mehr glücklich sein.

Kapitel 5

In Deutschland versuchte ich so gut es ging zur Normalität zurück zu finden.

Emilia war, seit sie ein Jahr geworden war, in einem Kinderhort. Das ermöglichte mir wieder halbtags zu arbeiten.

Ich hatte keine finanziellen Probleme, da Vincent in seiner Zeit als Profisportler viel Geld verdient hatte.

Mir fehlten aber die sozialen Kontakte mit den Kollegen und Kunden im Laden.

Ich traf mich hin und wieder mit Julian, aber in der letzten Zeit wurden unsere Treffen seltener. Julian schob seine vielen Dienste und Überstunden vor. Ich hatte aber eher das Gefühl, dass er nicht mit der Tatsache umgehen konnte, dass ich in ihm nur einen Freund sah.

Er hatte einmal versucht mich zu küssen. Als er sich wieder von mir löste, schaute er enttäuscht und fragte:

„Was fühlst Du, wenn ich Dich küsse und an wen denkst Du dabei?"

Ich konnte ihm nicht antworten, weil ich es selbst nicht wusste.

Emilia fing an zu laufen und plapperte den ganzen Tag. Sie hielt mich auf Trapp und manchmal war es wirklich anstrengend. Dann war ich froh, dass Barbara und Vincenzo sie mal ein Wochenende zu sich nahmen.

An einem dieser freien Wochenenden traf ich mich mit meiner Freundin Beate.

Wir gingen ins Kino und anschließend in einem italienischen Restaurant essen.

Es wurde ein schöner Abend. Es tat mir gut, endlich mal wieder etwas für mich zu tun. Nachdem ich mich von Beate verabschiedet hatte, wollte ich noch nicht nach Hause.

Ich fuhr zu den Landungsbrücken und setzte mich in eine Bar. Der Abend war so schön mild. Ich ließ einfach die Seele baumeln.

An der Bar zogen Menschenmengen, in der Hauptsache Touristen, vorbei.

Auf einmal erkannte ich zwischen all den Menschen Julian. Ich hob die Hand um ihm zu winken, da sah ich, dass er in Begleitung einer jungen Frau war.

Ich ließ die Hand wieder sinken und schaute den Beiden erstaunt hinterher.

Damit hätte ich rechnen müssen. Julian hatte anscheinend eine andere Frau kennengelernt.

So ein attraktiver Mann war sicher ein Wunschkandidat vieler Frauen.

Irgendwie war meine gute Laune auf einmal weg. Ich bezahlte meinen Cocktail und fuhr nach Hause.

Als ich mich nach der Dusche ins Bett legte, wurde mir etwas klar.

Ich war eifersüchtig!

In der darauffolgenden Woche musste ich oft an Julian und diese Frau denken. Ich hatte schon einmal das Telefon in der Hand um ihn anzurufen, ließ es dann aber. Ich kam mir albern vor.

Julian meldete sich nicht mehr bei mir. Also hatte ich richtig vermutet, dass er eine Freundin hatte.

Ich hatte meine Chance vertan und es tat weh. Aber auch dieser Schmerz würde wieder vergehen.

Kapitel 6

„Emilia, komm endlich aus dem Badezimmer. Wir müssen los!" sagte ich genervt.

Es war jeden Morgen das Gleiche. Emilia war jetzt in der Pubertät und brauchte morgens ewig, um sich fertig zu machen.

Die letzten Jahre waren so schnell vergangen. Ich konnte es nicht glauben, dass mein kleines Mädchen erwachsen wurde. Sie war schon vierzehn Jahre alt und ich merkte jeden Tag, dass sie immer selbständiger wurde.

Als ich endlich ins Badezimmer konnte, schaute ich in den Spiegel.

Nächstes Jahr würde ich vierzig werden. Wo war die Zeit geblieben?

Ich sah immer noch gut aus. Meine Haare trug ich jetzt nur noch bis zur Schulter. Ich machte viel Sport und war schlank geblieben.

Ich seufzte und machte mich zurecht. Dann fuhr ich Emilia zum Tennisplatz. Sie war in die Fußstapfen von Vincent getreten. Sie hatte sein Talent geerbt und war schon ziemlich erfolgreich.

„Ich hole Dich nach dem Training ab. Dann gehen wir zum Brunch! Ist das okay?" fragte ich Emilia, als sie aus dem Auto ausstieg.

Sie nickte erfreut, nahm ihre Sporttasche und ging Richtung der Tennisplätze.

Sie war so ein hübsches Mädchen. Vincent wäre sehr stolz auf sie gewesen.

Ich wollte gerade losfahren, als mein Handy klingelte.

Es war Vincenzo.

„Mia, kannst Du mich vielleicht zum Krankenhaus fahren? Barbara braucht das Auto. Ich bekomme doch wieder diese Tropfen in die Augen und darf danach nicht selbst fahren!"

„Natürlich Vincenzo! Ich komme gleich zu Dir!" antwortete ich.

Vincenzo wartete schon auf der Straße.

Als er einstieg sagte er:

„Danke Mia. Barbara hatte ganz vergessen, dass sie heute eine Freundin zum Flughafen fahren sollte."

Er verdrehte die Augen und ich musste lachen.

„Kein Problem, ich muss nur Emilia in zwei Stunden wieder abholen!" sagte ich.

„Das letzte Mal hat die Behandlung eine Stunde gedauert. Das schaffst Du auf jeden Fall!" antwortete mein Schwiegervater.

Ich brachte ihn zur Augenklinik, die unmittelbar neben der Uniklinik lag, in der Vincent gestorben war.

Noch immer konnte ich hier nicht vorbeifahren, ohne dass mich eine große Trauer überkam.

Vincenzo sah mich von der Seite an. Ihm ging es sicher genauso wie mir.

„Ich kann ihn auch nicht vergessen. Es tut immer noch weh!" sagte er, als er ausstieg.

Ich musste schlucken.

„Ich hole Dich in einer Stunde wieder ab!" sagte ich nach einer Weile.

Vincenzo nickte.

Er ging Richtung Haupteingang und winkte mir noch einmal zu.

Ich stellte das Auto auf den großen Parkplatz der Uniklinik und ging zu dem kleinen Park gegenüber des Gebäudes.

In der Nähe eines Weihers wurde gerade eine Bank frei. Ich setzte mich in die Sonne und beobachtete einen kleinen Jungen, der die Enten fütterte.

„Mia?" hörte ich plötzlich eine mir bekannte Stimme.

Ich drehte mich um. Mein Herz klopfte auf einmal wie verrückt. Vor mir stand Julian.

„Was für ein Zufall!" sagte ich. „Wie schön Dich wieder zu sehen!"

„Es war kein Zufall!" sagte er.

„Dein Schwiegervater hat mich angerufen und gesagt, dass ich Dich hier finden werde.“

Ich war sprachlos. Was hatte sich Vincenzo dabei gedacht?

Julian setzte sich neben mich.

„Ich bin immer noch in Kontakt mit Deinen Schwiegereltern. Ich habe sie durch Vincents viele Krankenhausaufenthalte kennen-und lieben gelernt. Es ist eine Freundschaft entstanden!“ sagte er.

Ich war immer noch völlig durcheinander.

„Es ist so lange her Mia, aber Du hast Dich kaum verändert!“ sprach Julian weiter.

Ich schaute Julian an.

Er sah fast genauso aus wie früher. Ein paar kleine Fältchen hatte er bekommen.

Er trug die Haare etwas kürzer und hatte ein paar graue Strähnen. Aber seine grünen Augen waren unverändert schön.

„Warum hast Du Dich nie wieder bei mir gemeldet? Ich dachte, wir waren gute Freunde!" fragte ich.

„Das hast Du so gesehen. Ich habe Dich geliebt und tue es immer noch!" flüsterte Julian.

Er nahm meine Hand.

„Ich muss leider wieder zurück in die Klinik. Hast Du vielleicht am Wochenende Zeit mit mir essen zu gehen?" fragte Julian. „Dann können wir über alles sprechen."

„Das sollten wir tun!" sagte ich und lächelte.

Julian stand auf.

„Ich rufe Dich an. Hast Du immer noch die gleiche Nummer?"

„Ja, die stimmt noch!" antwortete ich. „Ich freue mich!"

Julian lächelte und winkte mir zu. Dann ging er wieder Richtung Krankenhaus.

Als ich Vincenzo später abholte, machte er ein schuldbewusstes Gesicht.

Ich öffnete ihm die Autotür und half ihm auf den Beifahrersitz. Durch die Behandlung konnte er in den nächsten Stunden nur verschwommen sehen.

„Sei mir nicht böse Mia. Julian ist fast wie ein Sohn für uns. Er hatte viel Pech in letzter Zeit. Du magst ihn doch?" fragte er.

„Ich mag ihn sogar sehr. Ich bin Dir nicht böse, sondern eher dankbar. Ich hätte nie über meinen Schatten springen können", antwortete ich nachdenklich.

Vincenzo lächelte. Er griff nach meiner Hand und drückte sie.

„Du bist viel zu jung um allein zu bleiben. Vincent hätte das auch nicht gewollt!" sagte Vincenzo mit rauer Stimme.

Mir kamen die Tränen, denn ich wusste, dass er Recht hatte. Ich war nicht nur allein, sondern auch einsam.

Ich brachte Vincenzo nach Hause und holte dann Emilia ab. Wir fuhren in die Stadt und gingen zum Brunch in ein angesagtes Restaurant.

Nachdem wir satt und zufrieden waren fragte ich Emilia:

„Sollen wir noch shoppen gehen?"

Sie schaute erstaunt zu mir hinüber.

„Ehrlich? Du magst das doch nicht?" sagte sie.

„Heute ist mir aber danach. Ich brauche Deinen Rat. Ich möchte mir was Schönes kaufen. Ich habe nämlich ein Date!" antwortete ich.

Emilia schaute jetzt wirklich überrascht.

„Mama! Das ich das noch erleben darf!" sagte sie und lachte. „Ich hatte die Hoffnung schon aufgegeben!"

Jetzt war ich überrascht.

„Bist Du denn einverstanden?" fragte ich.

„Ganz ehrlich! Ich hatte schon überlegt Dich bei einem Internetportal anzumelden. Du brauchst dringend einen Mann. Dann hab ich auch mal meine Ruhe vor Dir!"

Wir schauten uns an und mussten plötzlich laut lachen. Ich wusste was Emilia meinte.

Ich war in diesem Moment unheimlich stolz auf meine Tochter.

Es zeigte sich auch, dass sie eine hervorragende Mode-Expertin war. Mit ihrer Hilfe erstand ich ein wunderschönes Kleid und passende Schuhe.

Natürlich fanden wir auch etwas für Emilia und fuhren dann stolz mit unseren Einkäufen nach Hause.

Erst als wir schon wieder zuhause in der Küche zusammen saßen, fragte Emilia neugierig:

„Wer ist denn der Mann? Wo hast Du ihn kennengelernt?"

„Eigentlich kennst Du ihn auch. Aber Du warst zu klein um Dich an ihn zu erinnern", antwortete ich. „Er heißt Julian und war der behandelnde Arzt von Deinem Vater."

„Echt?" Emilia schaute erstaunt.
„Vielleicht kann er mir etwas von Papa erzählen. Du hast mir nie wirklich viel gesagt."

„Ich konnte nicht. Es hat mir so wehgetan, wenn ich an Vincent gedacht habe."

Emilia nickte verständnisvoll.

„Ich vermisse ihn auch, obwohl ich ihn nie kennengelernt habe", sagte sie traurig.

Ich nahm sie in den Arm.

„Wenn es Julian nicht gegeben hätte, dann gäbe es Dich auch nicht", flüsterte ich ihr ins Ohr.

Sie schaute mich fragend an.

„Julian hat bei Deinem Vater damals die Transplantation durchgeführt. Dadurch hat er uns noch zwei wunderbare Jahre geschenkt! Und Dich!"

Emilia drückte mich ganz fest.

„Das Kleid wird ihn umhauen!" sagte sie dann und zwinkerte mir zu.

„Das will ich hoffen!" sagte ich.

Am Abend rief Julian an, als ich gerade ins Bett gehen wollte.

„Entschuldige, dass ich jetzt erst anrufe, aber wir hatten noch einen Notfall!" sagte er kleinlaut.

„Das macht nichts. Ich freue mich, dass Du anrufst!" sagte ich.

Wir verabredeten uns für den folgenden Samstag. Julian wollte mich abholen.

Als ich mich am Abend zurecht machte, war ich wirklich nervös.

Ich hatte schon ewig kein Date mehr.

Das Kleid passt perfekt und war ziemlich sexy. Emilia pfiff laut, als sie mich sah.

„Du machst keine Dummheiten, wenn ich weg bin?" fragte ich streng.

„Ach Mama! Ich chatte noch ein bisschen im Internet mit meinen Freunden vom Tennis. Dann gehe ich pünktlich ins Bett!" antwortete sie und streckte mir die Zunge raus.

„Versprochen?" fragte ich.

Emilia nickte und verdreht die Augen.

Fünf Minuten später klingelte es an der Tür.

Ich ließ Julian in die Wohnung. Er schaute mich an und bekam bei dem Anblick des Kleides große Augen.

Emilia schaute neugierig um die Ecke.

„Hallo Julian! Darf ich Dir meine Tochter noch einmal vorstellen!" sagte ich und grinste.

Julian gab Emilia die Hand.

„Du bist ja genauso hübsch wie Deine Mutter! Ich kann es kaum glauben. Du bist ja schon fast erwachsen!" sagte er.

Emilia wurde verlegen.

„Darf ich Deine Mutter heute zum Essen entführen?" fragte er.

„Na klar! Aber unbeschädigt wieder zurück bringen!" sagte Emilia.

Julian lachte schallend.

„Das verspreche ich!" antwortete er und nahm meine Hand.

„Du hast meine Nummer, falls etwas sein sollte!" fragte ich Emilia.

Emilia stöhnte genervt.

„Viel Spaß Euch Beiden!" sagte sie und ging in ihr Zimmer.

„Du siehst atemberaubend sexy aus!" sagte Julian. „Lass uns gehen."

Julian hatte ein japanisches Restaurant ausgesucht. Wir aßen Sushi und unterhielten uns, als ob wir uns erst gestern gesehen hätten. Es war, als ob Jemand die Uhr zurück gedreht hatte.

„Ich konnte vorhin meinen Augen kaum trauen. Emilia ist eine wunderschöne junge Frau", sagte er.

„Das stimmt. Ich mache mir immer Sorgen um sie. Aber eigentlich habe ich keinen Grund. Sie ist gut in der Schule und hat im Moment nur Tennis im Kopf."

Julian schaute erstaunt.

„Dann wird sie vielleicht mal so gut wie ihr Vater!" sagte er.

„Wir werden sehen. Ich dränge sie zu nichts. Wenn sie weitermachen will, soll es mir aber Recht sein", sagte ich.

Julian nahm meine Hand.

„Ich habe Dich so sehr vermisst!" sagte er leise.

In diesem Moment wusste ich, dass es mir all die Jahre auch so gegangen war. Ich wollte es mir nur nicht eingestehen.

„Vincenzo hat mir gesagt, dass Du viel Pech gehabt hast. Was hat er damit gemeint?" fragte ich.

„Nachdem ich damals gemerkt hatte, dass Du Dich nicht auf einen Mann einlassen konntest, habe ich mich zurückgezogen.

Ich konnte es nicht ertragen, dass Du mich
nicht wolltest!" sagte Julian leise.

„Ich habe Dich damals mit einer Frau
gesehen!" sagte ich.

Julian schaute erstaunt.

„Wo war das?" fragte er.

„Ich war an diesem Abend allein an den
Landungsbrücken in einer Bar. Du bist an
mir vorbei gegangen, hast mich aber nicht
gesehen."

Julian überlegte kurz.

„Dann hast Du mich mit Anja, meiner
geschiedenen Frau gesehen. Sie war eine
Kollegin. Ich habe sie bei einem Seminar
kennengelernt. Unsere Ehe war von
Anfang an ein Fehler."

Julian seufzte und schaute mich dann
lange an.

„Was ist passiert?" wollte ich wissen.

„Ich habe sie nie wirklich geliebt. Es war nicht fair ihr gegenüber. Aber ich wollte Dich vergessen. Vor drei Jahren haben wir uns scheiden lassen. Es war besser so", antwortete Julian.

„Das habe ich alles nicht gewusst. Ich war so in meiner Trauer gefangen, dass ich nicht gemerkt habe, dass ich mich auch in Dich verliebt hatte. Ich war so dumm!" sagte ich.

„Du warst nicht dumm. Es war damals einfach alles zu viel für Dich. Vincents Tod und die Geburt von Emilia. Du warst einfach nicht bereit für eine neue Beziehung und ich hätte Dir einfach mehr Zeit lassen sollen."

„Na ja, Zeit haben wir uns ja jetzt lange genug gelassen!" antwortete ich.

Julian lächelte.

„Ja, mehr als zehn Jahre!" sagte er. „Das sollte reichen!"

Reichen wofür?" fragte ich.

„Um es vielleicht nochmal miteinander zu versuchen?"

Ich beugte mich zu Julian hinüber und küsste ihn leicht auf die Lippen.

„Das sollten wir tun!" sagte ich.

Kapitel 7

Von diesem Tag an sahen wir uns regelmäßig.

Ich war sehr froh darüber, dass sich Julian und Emilia so gut verstanden.

An einem Sonntag im Frühling hatte Emilia ein Turnier. Julian und ich begleiteten sie. Emilia war schon seit Tagen sehr aufgeregt.

Dieses Turnier sollte darüber entscheiden, ob sie in die nächste Klasse aufsteigen konnte. Sie hatte großes Talent, aber sie war häufig so aufgeregt, dass sie ihr Können nicht immer zeigen konnte.

„Du schaffst das!" hatte Julian gesagt. „Du bist richtig gut und brauchst Dich vor keiner Gegnerin zu fürchten!"

Emilia hatte zerknirscht geschaut und gesagt:

„Ich bin immer so nervös. Hoffentlich legt sich das schnell."

Julian und ich suchten uns Plätze hinter den Sitzbänken der Spielerinnen.

Von hier aus konnte Emilia uns gut sehen. Das beruhigte sie hoffentlich.

Das erste Spiel gewann sie auch souverän in zwei Sätzen.

Das nächste Spiel gegen ihre Angstgegnerin war aber entscheidend.

In der Pause aß sie eine Kleinigkeit und wollte sich ausruhen. Irgendwie kam sie mir sehr blass vor.

„Ist alles in Ordnung?" fragte ich besorgt.

„Ja, ich bin nur etwas erschöpft!" antwortete sie.

Julian sah sie aufmunternd an.

„Wir drücken Dir die Daumen. Es kann gar nicht schief gehen!" sagte er.

Schon als das Spiel begann, merkte ich, dass etwas nicht stimmte.

Emilia konnte kaum laufen und hielt sich die Seite.

Ich schaute Julian besorgt an.

„Irgendwas ist mit Emilia. Sie war eben auch schon so blass!"

In diesem Moment fiel Emilia mitten auf dem Tennisplatz um. Sie war anscheinend ohnmächtig geworden.

Ich schrie auf und lief zu dem Tor, das uns von dem Platz trennte. Es war verschlossen.

„Kann mal jemand das Tor öffnen. Ich bin Emilias Mutter. Ich muss zu ihr!" rief ich.

In der Zwischenzeit war ein Sanitäter bereits bei Emilia angelangt. Auch Julian war schon da, er war über das Tor geklettert. Anscheinend war Emilia gerade wieder kurz zu sich gekommen.

Ein Platzwart kam mit dem Schlüssel und öffnete mir das Tor.

Ich rannte sofort zu meiner Tochter.

Julian schaute mich besorgt an.

„Emilia muss sofort ins Krankenhaus. Ich vermute einen Blinddarmdurchbruch. Sie hat einen ganz aufgeblähten Bauch und Fieber!" sagte er.

„Warum hast Du denn nichts gesagt mein Schatz?" fragte ich Emilia und strich ihr über ihr verschwitztes Haar. „Du musst doch schon länger Bauchschmerzen gehabt haben!"

„Ich wollte aber spielen. Es ist so wichtig für mich!" flüsterte sie.

„Ach Schatz! Du bekommst noch Deine Chance. Aber die Gesundheit ist das Allerwichtigste!" sagte ich.

Emilia wurde auf eine Trage gelegt und zum Ausgang gebracht, wo schon der Rettungswagen wartete.

Ich durfte mitfahren. Julian folgte uns mit seinem Wagen.

Emilia stöhnte vor Schmerzen und hielt sich den Bauch. Plötzlich musste sie sich übergeben. Ich hielt ihr eine Schale unter das Kinn. Der Sanitäter hatte sie mir schon vorsorglich gegeben.

Auf einmal verdrehte Emilia die Augen und wurde wieder ohnmächtig.

Der Sanitäter schob mich zur Seite und gab ihr über die Infusion ein Medikament.

„Was ist los?" fragte ich voller Angst.

„Der Kreislauf hat versagt. Ich habe ihr etwas gegeben. Es sollte ihr bald besser gehen!" antwortete er.

„Sie muss aber sofort operiert werden. Sie ist in einem kritischen Zustand!"

Ich bekam fürchterliche Angst und konnte die Tränen kaum zurückhalten.

Der Rettungswagen fuhr vor der Notfallambulanz vor.

Man holte Emilia aus dem Auto und brachte sie sofort in den Op.

In der Zwischenzeit war auch Julian eingetroffen. Ich fiel in seine Arme und weinte hemmungslos.

„Ich habe solche Angst. Emilia ist ohnmächtig geworden. Der Sanitäter hat gesagt, dass ihr Zustand kritisch ist!" sagte ich verzweifelt.

„Ich gehe gleich in den Op. Bei meinen Kollegen ist sie aber in den besten Händen. Hab keine Angst!" tröstete mich Julian.

„Warum ist sie so unvernünftig gewesen. Genau wie es damals Vincent war! Dieses verdammte Tennis!" weinte ich.

„Beruhige Dich erstmal! Setz Dich hier in das Wartezimmer und warte auf mich. Ich komme wieder, sobald ich etwas Neues weiß!"

Julian küsste mich auf die Stirn und ging mit raschen Schritten in Richtung Operationssaal.

Als eine Krankenschwester mir ein Glas Wasser reichte, zitterten meine Hände wie verrückt. Das erinnerte mich an den Tag, als Vincent hier eingewiesen wurde.

Ich rief meine Schwiegereltern und Eltern an und berichtete ihnen unter Tränen was passiert war.

Barbara und Vincenzo wollten sich gleich auf den Weg machen.

Ich bat sie aber zuhause zu bleiben. Sie konnten hier doch nichts ausrichten.

Ich versprach den Beiden und meinen Eltern direkt zurück zu rufen, wenn ich etwas Neues wusste.

Ich starrte wie hypnotisiert auf die Eingangstür vom Wartezimmer und hoffte, dass Julian endlich zurückkam.

Nach einer gefühlten Ewigkeit öffnete sich endlich die Tür.

Julian nahm mich mit ernstem Gesicht an die Hand und ging mit mir in einen Nebenraum.

Mein Herz raste vor Angst.

„Sag doch endlich was los ist!" sagte ich.

„Emilias Zustand ist ernst. Sie ist operiert worden. Aber der Blinddarm ist perforiert."

„Das heißt, dass Darminhalt in den
Bauchraum geflossen ist. Sie hat eine
Sepsis!" sagte Julian leise.

„Was ist eine Sepsis?" fragte ich.

„Das ist eine Vergiftung. Sie ist auf der
Intensivstation. Wir dürfen jetzt aber nicht
die Hoffnung aufgeben!"

Julian wiegte mich in seinen Armen hin
und her. Ich weinte leise und konnte
keinen klaren Gedanken fassen.

„Darf ich zu ihr?" fragte ich.

Julian nickte. Er fuhr mit mir auf die
Intensivstation.

Emilia lag blass in ihrem Bett. Sie hatte die
Augen geschlossen.

Plötzlich sah ich Vincent vor mir und ich
bekam eine Panikattacke.

Ich schluchzte laut und zitterte am ganzen Körper.

Julian brachte mich nach draußen und ging mit mir in einen Raum neben der Rezeption.

Er holte ein Beruhigungsmittel aus dem Schrank. Er gab mir eine Tablette und ein Glas Wasser.

Nach ein paar Minuten wurde ich ruhiger und schrecklich müde.

Ich legte mich auf eine Liege und Julian setzte sich neben mich. Er streichelte mich und sagte:

„Es wird alles wieder gut. Schlaf ein bisschen!"

Ich wusste nicht wie lange ich geschlafen hatte. Als ich wieder wach wurde, war ich allein im Raum.

Ich stand mit wackeligen Beinen auf und ging in den Flur.

An der Rezeption stand Julian. Er sprach mit einem Kollegen.

Als er mich sah, kam er auf mich zu und nahm mich in den Arm.

„Emilia ist aufgewacht. Es geht ihr besser!"

Mir liefen Tränen der Erleichterung über das Gesicht.

„Ich möchte zu ihr!" schluchzte ich.

Julian nickte.

Ich lief hinter ihm her. Als ich an Emilias Bett trat, öffnete sie die Augen.

„Mama, was ist denn passiert?" fragte sie mit belegter Stimme.

Ich erzählte ihr, was geschehen ist, nachdem sie ohnmächtig geworden war.

„Du hast mir so einen Schrecken eingejagt! Ich hatte fürchterliche Angst um Dich!" sagte ich.

„Jetzt erhol Dich erstmal. Du bist noch nicht ganz über den Berg. Ein paar Tage musst Du sicher noch hier bleiben. Aber meine Kollegen passen gut auf Dich auf!" sagte Julian.

Ich streichelte Emilia über die Wange, aber sie war schon wieder eingeschlafen.

Julian brachte mich nach Hause.

„Soll ich heute Nacht bei Dir bleiben?" fragte er, nachdem ich die Tür aufgeschlossen hatte.

Ich zog ihn in die Wohnung und kuschelte mich an ihn.

„Das wäre sehr schön!" flüsterte ich.

„Ich koche uns mal etwas. Hast Du denn keinen Hunger?" fragte er grinsend.

„Doch, sehr sogar. Ich rufe in der Zwischenzeit meine und Vincents Eltern an", antwortete ich.

Als ich später in die Küche kam, roch es schon lecker.

Ich schaute Julian über die Schulter. Er hatte uns Rührei mit Speck gemacht. Dazu gab es einen Salat.

„Das ging am schnellsten!" sagte er entschuldigend.

Nach dem Essen ging es mir besser. Ich räumte den Tisch ab und Julian rief nochmal im Krankenhaus an.

„Emilia geht es besser.

„Das Fieber geht runter. Die Medikamente scheinen zu wirken.“

„Gott sei Dank!“ sagte ich erleichtert.

„Ich hole uns mal ein Glas Wein. Nach der Aufregung haben wir es uns verdient!“ sagte Julian. Er ging an das Weinregal und holte eine Flasche Rotwein heraus.

Ich holte zwei Weingläser aus der Vitrine. Wir stießen auf Emilias Gesundheit an.

„Es wird alles gut werden. Emilia ist stark. So stark wie ihre Mutter. Ich habe Dich immer bewundert, wie Du alles ohne Hilfe geschafft hast. Es war bestimmt nicht leicht, so jung Witwe zu werden. Aber Du bist wirklich eine Kämpferin, genau wie Deine Tochter!“

Ich stellte mein Glas auf den Tisch.

Dann küsste ich Julian das erste Mal wie eine Frau einen Mann küsst. Die Zeit, dass er für mich nur ein Freund ist, war vorbei.

„Aber Frau Varano! Was war das denn? Du küsst ja wie der Teufel!" sagte Julian.

Er lachte und dann küssten wir uns nochmal leidenschaftlich.

Emilia musste noch eine ganze Woche im Krankenhaus bleiben. Nach zwei Tagen konnte sie aber die Intensivstation verlassen.

Am Tag, bevor sie das Krankenhaus verlassen durfte, besuchte ich sie am Nachmittag.

Als ich die Tür zu ihrem Zimmer öffnete, sah ich einen jungen Mann, der an ihrem Bett saß.

Emilia wurde feuerrot im Gesicht.

Der junge Mann stand auf und kam auf mich zu.

„Hallo Frau Varano. Ich bin Tim. Ich bin seit ein paar Wochen in Emilias Verein", sagte er schüchtern.

Er war ein großer, schlanker Teenager mit Wuschelkopf. Ich schätze ihn auf siebzehn. Ich mochte ihn auf Anhieb.

„Ich wollte mal schauen, wie es Emilia geht. Ich muss jetzt auch wieder los", sagte er.

„Schön, Dich kennengelernt zu haben!" sagte ich.

Tim winkte Emilia zu und verließ das Zimmer.

„Er ist nicht mein Freund!" sagte sie gleich aufgeregt. „Wir verstehen uns nur gut."

Ich musste lächeln.

„Dagegen ist ja auch nichts einzuwenden. Du bist ja erst vierzehn", sagte ich.

Emilia nickte und ich war mir sicher, dass sie das erste Mal verliebt war. Jetzt wurde mein Mädchen wirklich langsam erwachsen.

Zwei Wochen später hatte Emilia ihren fünfzehnten Geburtstag.

Julian und ich schenkten ihr Karten für das Turnier in Wimbledon. Die hatte sie sich schon lange gewünscht.

Sie war so überrascht, dass sie uns um den Hals fiel und vor Freude weinte.

„Ihr seid die Besten!" sagte sie und rannte gleich in ihr Zimmer um ihre Freunde anzurufen und es ihnen zu erzählen.

„Das war wohl ein Volltreffer!" sagte
Julian. „Ich habe aber auch eine
Überraschung für Dich!"

Ich war erstaunt.

„Ich habe doch gar keinen Geburtstag!"

„Man kann sich doch auch einfach so mal
etwas schenken!" antwortete Julian.

Dann zog er einen Umschlag aus der
Tasche und reichte ihn mir.

Ich öffnete den Umschlag vorsichtig und
zog zwei Flugtickets heraus. Als ich sah,
wohin der Flug gehen sollte, ließ ich die
Tickets fallen.

„Nein! Das kann ich nicht!" Wie kommst
Du darauf, dass ich mit Dir nach Sardinien
fliege? Das ist Vincent und meine Insel!"
sagte ich viel lauter, als ich eigentlich
wollte.

Julian schaute mich entsetzt an. Dann hob
er die Tickets auf und steckte sie in die
Hosentasche. Ohne ein weiteres Wort
ging er zur Tür und verließ die Wohnung.

„Wo ist Julian?" fragte Emilia.

Ich schrak zusammen, denn ich hatte nicht
gehört, dass sie wieder ins Wohnzimmer
gekommen war.

„Ich glaube, ich habe gerade einen
fürchterlichen Fehler gemacht!" sagte ich
leise.

Ich versuchte in den nächsten Tagen
immer wieder Julian zu erreichen. Er ging
nicht an sein Telefon und rief auch nicht
zurück.

Dann bat ich Emilia Julian anzurufen.

Ich wollte unbedingt mit ihm sprechen und mich entschuldigen. Aber auch sie hatte keinen Erfolg.

„Geh doch ins Krankenhaus und pass ihn dort ab!" sagte Emilia.

Ich küsste Emilia auf die Stirn.

„Das ist eine gute Idee!" sagte ich.

Am nächsten Tag rief ich im Krankenhaus an und fragte, wann Julian Dienst hatte.

„Dr. Werth hat Urlaub!" sagte die freundliche Krankenschwester.

„Wissen Sie vielleicht wo er Urlaub macht? Es ist sehr wichtig!" sagte ich.

„Ich weiß nur, dass er nach Sardinien wollte. Aber wo er sich dort aufhält weiß ich nicht!"

„Vielen Dank! Sie haben mir trotzdem geholfen!" sagte ich und legte auf.

Also war Julian allein nach Sardinien geflogen.

Mein erster Gedanke war ihm nachzufliegen. Aber meine Flugangst war größer.

Ich sprach am Abend mit Emilia.

„Meinst Du, Du könntest ein paar Tage bei Oma und Opa wohnen? Ich würde gern Julian nachreisen. Ich habe wirklich etwas gut zu machen!" fragte ich.

Emilia drückte mich ganz fest. Dann sagte sie:

„Dann pack mal Deinen Koffer!"

Am nächsten Tag brachte ich Emilia zu Barbara und Vincenzo. Ich fuhr dann mal wieder die Strecke, die ich noch immer gut kannte.

Die Fähre hatte ich schon online gebucht.

Am frühen Morgen des nächsten Tages
kam ich auf Sardinien an. Ich war total
übermüdet, da ich in der Nacht kaum
schlafen konnte.

Ich war so aufgeregt und hatte Angst wie
Julian reagieren würde.

Von meinen Schwiegereltern wusste ich,
dass er ein Zimmer im Hotel *Mare Azur*
an der Westküste gebucht hatte.

Mein Haus auf Sardinien wurde schon seit
langem als Ferienhaus von einer Agentur
vermietet.

Ich hatte ja nicht vor noch einmal hier her
zu kommen.

Aber jetzt, wo ich durch die einzigartige,
wunderschöne Landschaft fuhr, merkte
ich erst, wie sehr ich diese Insel vermisst
hatte.

Als ich in den Ort fuhr, in dem Julian seinen Urlaub verbrachte, klopfte mein Herz bis zum Hals.

Nach kurzer Zeit hatte ich das Hotel gefunden und parkte in einer Seitenstraße.

Ich ging an die Rezeption und fragte nach Julian.

„Der Dottore ist nicht auf seinem Zimmer!" sagte der freundliche Hotelangestellte. „Sein Schlüssel ist hier! Bestimmt ist er am Strand."

„Grazie mille!" antwortete ich.

Vor dem Hotel schaute ich mich um. Der Strand war nur etwa hundert Meter entfernt.

Ich ging zurück zu meinem Auto und holte ein Badetuch aus dem Kofferraum.

Meinen Bikini trug ich schon unter meinem Kleid.

Es war noch Nebensaison, deshalb war der Strand noch nicht so überfüllt. Ich schaute mich um. Plötzlich sah ich Julian aus dem Wasser kommen. Er ging zu seiner Liege und trocknete sich ab.

Mich überkam plötzlich eine große Sehnsucht nach ihm.

Aber wie würde er reagieren? Ich hatte richtig Angst, als ich auf Julian zuging.

Er hatte sich auf den Bauch gelegt und schaute gerade in meine Richtung.

Als er mich entdeckte, öffnete er erstaunt den Mund. Dann stand er auf und kam mir langsam entgegen.

„Was machst Du denn hier?“ fragte er abweisend.

Damit hatte ich nicht gerechnet.

„Ich wollte mich bei Dir entschuldigen!"
sagte ich leise.

„Und dafür machst Du diesen weiten
Weg?"

Julian schaute auf den Boden.

„Ich wäre noch viel weiter gefahren, um
Dir zu sagen, dass ich völlig überreagiert
habe."

„Es tut mir wahnsinnig leid!" sagte ich
leise

„Aber warum denn? Du hast doch nur die
Wahrheit gesagt!" antwortete Julian
bitter.

„Lass uns nochmal in Ruhe darüber
reden!" bat ich Julian.

„Ich glaube, es ist alles gesagt!"

Julian drehte sich um und ging wieder zurück zu seiner Liege.

Ich blieb noch eine Weile völlig verstört stehen. Ich wusste nicht, ob ich bleiben oder gehen sollte. Wenn ich jetzt aber nicht um Julian kämpfen würde, dann wäre alles aus. Noch eine Chance würde ich nicht bekommen.

Also fasste ich all meinen Mut zusammen und ging zu Julian, der demonstrativ zum Wasser schaute.

„Julian, Du hörst mir bitte jetzt einmal zu. Ich werde es nicht nochmal wiederholen!“ sagte ich bestimmt.

Julian schaute überrascht zu mir hoch.

„Ich liebe Dich sehr, auch wenn Du es vielleicht nicht glauben kannst. Du bist neben Emilia der wichtigste Mensch in meinem Leben.

Aber Sardinien und meine Erinnerungen an Vincent gehören mir. Wir müssen uns leider unsere eigene Insel suchen!" sagte ich.

Julian stand auf.

Dann nahm er mein Gesicht in seine Hände und küsste mich lange.

Als er mich wieder losließ fragte er:

„Du liebst mich?"

„Ja, ich liebe Dich!" antwortete ich außer Atem. „Sehr sogar!"

„Wie wäre es dann mit Sizilien?"

Ich schaute so verdutzt, dass Julian laut lachte.

„Ich hab gehört, das soll auch eine wunderschöne Insel sein! Wir sollten es versuchen!"

Den nächsten Urlaub verbrachten Julian und ich als Ehepaar. Wir machten unsere Hochzeitreise nach Sizilien.

Es wurde Zeit für weitere unvergessliche Erinnerungen. Diesmal auf Julians und meiner gemeinsamen Insel.

Bibliografische Information der Deutschen Nationalbibliothek: Die Deutsche Nationalbibliothek verzeichnet diese Publikation in der Deutschen Nationalbibliografie; detaillierte bibliografische Daten sind im Internet über dnb.dnb.de abrufbar.

© 2022 Ira Fay

Bibliografische Information der Deutschen Nationalbibliothek: Die Deutsche Nationalbibliothek verzeichnet diese Publikation in der Deutschen Nationalbibliografie; detaillierte bibliografische Daten sind im Internet über dnb.dnb.de abrufbar.

© 2022 Ira Fay

Herstellung und Verlag: BoD – Books on Demand, Norderstedt
ISBN: 9783756855704

FSC
www.fsc.org
MIX
Papier aus ver-
antwortungsvollen
Quellen
Paper from
responsible sources
FSC® C105338